Ludwig Tieck
CUENTOS FANTÁSTICOS

Ludwig Tieck

Cuentos fantásticos

Prólogo de
Hermann Hesse

Traducción y epílogo de
Isabel Hernández

N
Nórdica Libros
2009

Título original: *Der blonde Eckbert; Der Runenberg; Die Elfen*

© Del prólogo: Insel Verlag Frankfurt am Main
© De la traducción y el epílogo: Isabel Hernández
© De esta edición: Nórdica Libros, S.L.
C/ Fuerte de Navidad, 11, 1.º B
28044 Madrid
Tlf: (+34) 91 509 25 35
info@nordicalibros.com
www.nordicalibros.com
Primera edición: septiembre de 2009
ISBN: 978-84-92683-07-9
Depósito Legal: M-35.585-2009
Impreso en España / *Printed in Spain*
Gráficas Top Printer Plus
Móstoles (Madrid)

Diseño de colección: Marisa Rodríguez
Maquetación: Diego Moreno
Corrección ortotipográfica:
Juan Marqués / Ana Patrón

Esta publicación no puede ser reproducida, ni en todo ni en parte, ni registrada en, o transmitida por, un sistema de recuperación de información, en ninguna forma ni por ningún medio, sea mecánico, fotoquímico, electrónico, magnético, electroóptico, por fotocopia, o cualquier otro, sin el permiso por escrito de la editorial.

Prólogo

de Hermann Hesse

Si yo fuera astrólogo, lo primero que haría para poder decir algo acerca de un escritor sería estudiar su horóscopo. Y apostaría a que el horóscopo de Ludwig Tieck es uno de esos vacilantes, dudosos, imprecisos y que se neutralizan en sí mismos, uno de esos en los que cualquier constelación buena se corresponde con otra mala, en que cada línea marcada está cruzada y corregida por otra. Hay horóscopos así, y, dejando la astrología a un lado, hay también muchos caracteres y destinos así, que parecen haber nacido bajo una estrella dudosa e híbrida, y de los que uno solo se atreve a decir si son afortunados o desgraciados, si tienen más o menos aptitudes, si son más activos o más pasivos, pues aúnan en sí ambas cosas y no viven en ese centro tranquilo y sereno que se halla entre ambos extremos, sino que la curva de su destino se balancea ya hacia este, ya hacia aquel lado.

Algo similar es lo que le ocurre al escritor Ludwig Tieck. Nacido en el sobrio Berlín, es durante décadas el guía literario de los románticos, de los fantasiosos y renovadores; dotado de una rica imaginación y de un extraordinario talento lingüístico, anhela durante toda su vida componer una obra concentrada, absolutamente lograda, pero todo le resulta demasiado fácil y no logra escaparse nunca de cierta manía de escribir sin parar; atraído en lo más profundo de su ser por los cuentos, la mística y todo tipo de romanticismo, tiene también, no obstante, una fuerte vena de sensatez burguesa, de vez en cuando filistea. E igual de bicolor y de variada que su carácter es también su vida. Durante los últimos años de escuela en Berlín le ocurre esta encantadora anécdota: habiendo sido introducido en el teatro por Reichardt, anda por allí en una ocasión, antes o después de un ensayo de ópera; entra un extraño con una levita gris, atraviesa la orquesta y se pone a leer en el cuaderno de notas que está allí abierto. Tieck se dirige a él, hablan sobre música. Tieck se reconoce a sí mismo como un fiel admirador de las óperas de Mozart. El extraño lo elogia sonriente, y después se comprueba que era Mozart en persona con quien había estado hablando. Por muy bella que sea esta experiencia, a Tieck le afecta de un modo inmaduro y, en realidad, indigno; efectivamente la música no es lo suyo tanto como seguramente había pensado el extraño, y todo lo hermoso que pueda tener un encuentro con Mozart no llega a ser para él un verdadero acontecimiento.

Por el contrario, unos años antes, ha tenido una experiencia mucho más profunda al encontrarse en una calle de Berlín con Goethe. Lo reconoce de inmediato por el grabado de Lavater, y su corazón casi estalla de dicha por poder ver a Goethe. Y mira por dónde, Goethe vuelve a aparecérsele muy a menudo, se lo encuentra de vez en cuando, incluso con demasiada frecuencia, y cada vez que esto ocurre su corazón se hinche de gozo al encontrarse con él, y se postra a los pies de su adorado; pero al final, como un día acaba contándole a alguien su secreto, se ríen de él, y se descubre que el supuesto Goethe es un joven asesor berlinés.

Otra aventura de doble cara e igual de divertida es su experiencia con el editor Nicolai, el padre y filisteo en jefe de la Ilustración berlinesa. Tieck, joven, de vuelta a casa de la Universidad y sin una migaja de pan, va a dar con este hombre que lo coloca con el fin de editar una biblioteca para el entretenimiento burgués, en la que hay que introducir para el público todo tipo de oscuras novelas extranjeras, accesibles piezas de entretenimiento sacadas de actas de procesos y otros materiales. Tieck tiene la indisculpable debilidad de aceptar ese miserable puesto, en lugar de preferir limpiar botas, y de ponerse al servicio del viejo Nicolai cual dócil redactor, mientras en lo más profundo de su ser no deja de sentirse como su más mortal enemigo, su antípoda. Aprende entonces la técnica de escribir sin parar, y de la inconsciente producción de libros, y se daña con ello para siempre. Pero esta ingrata aventura tiene también su otra cara, la opuesta: apenas lleva Tieck un tiempo haciendo este lamentable trabajo de esclavo y acaba de dejar de escribir versos, cuando compensa la traición a lo más sagrado con una jugarreta tan audaz como encantadora al escribir, en lugar de seguir la orden de peinar novelas inglesas, algunas de sus composiciones más osadas, antiburguesas, fantásticas, verdaderas puñaladas para el burgués, y, puesto que Nicolai no lee los libros de su editorial hasta que están impresos, los introduce de contrabando en la biblioteca de prosaico entretenimiento, donde tienen el efecto de auténtica dinamita.

De tales anécdotas ambiguas está llena la vida de Tieck. El hecho de que él, en cuya persona había tanta gracia y tanto encanto infantil, padeciera tan pronto de gota y sufriera este mal durante décadas, forma parte de ello. También el hecho de ocuparse durante toda su vida en lo más profundo de su ser con el teatro, donde trabajó con gran ahínco durante más de cuatro años como consejero, arreglista y prologuista, como crítico, como director, como repetidor y asesor artístico, sin agradecimiento alguno, mientras que jamás se le ocurrió hacer del que tal vez fuera su mayor talento una profesión y convertirse en actor. Pues de todos los juicios sobre la personalidad y las dotes de Tieck ninguno resuena con tanta convicción como las palabras que W. Brent pronunciara sobre su talento mímico (Köpke II, 131).[1] Como escritor, de extraordinarias dotes, tuvo siempre una mala suerte que parecía buena, y el hombre de ágil pluma no logró concentrar todas sus fuerzas en una obra cualquiera que hubiera sobrevivido a su persona de forma seria y concentrada. Su más hermosa obra maestra en prosa, la *Rebelión en las Cevenas*, quedó incompleta, y ninguna de sus otras obras ha llegado a ser totalmente del dominio de la posteridad. Inolvidable y popular lo es tan solo por su leal colaboración en la traducción llevada a cabo por Schlegel de las obras de Shakespeare. En

---

[1] Se refiere a la biografía de Ludwig Tieck editada por Rudolf Köpke con el título *Ludwig Tieck. Erinnerungen aus dem Leben des Dichters nach dessen mündlichen und schriftlichen Mittheilungen* [*Ludwig Tieck. Recuerdos de la vida del poeta sacados de sus dichos y escritos*]. 2 vols. Leipzig: Brockhaus 1855. (Reimpresión: Darmstadt, 1970). (*N. de la T.*)

cambio, al contrario que otros autores de mayor éxito y más felices, tuvo la dicha no buscada de encontrar un biógrafo cariñoso y simpático: Rudolf Köpke.

De entre las obras en prosa de Tieck el cuento de Eckbert el rubio y la linda novela *De la abundancia de la vida* siempre tendrán lectores. Entre sus poesías, que hoy están completamente olvidadas, hay cosas adorables, joyas ocultas, pero en su mayoría tan solo como fragmentos entre versos débiles, largos y sin vida; ninguno de esos poemas es un todo acabado y perfecto, ninguno ha llegado a estar en boca del pueblo. En cambio, el pequeño ejército de aquellos que son difíciles de contentar, que saben honrar las locuras de un humor verdaderamente libre, estarán siempre profundamente agradecidos a este curioso escritor por lo grotesco de su divertida obra *La curiosa biografía de Su Majestad Abraham Tonelli*, así como por la adorable chispa de sus comedias fantásticas, del gato con botas, del Zerbino y del mundo al revés.[2]

HERMANN HESSE

---

[2] Se refiere a sus comedias satíricas *Der gestiefelte Kater* (*El gato con botas*), 1797, *Prinz Zerbino* (*El príncipe Zerbino*), 1799, y *Die verkehrte Welt* (*El mundo al revés*), 1798. (*N. de la T.*)

Cuentos fantásticos

Eckbert el rubio

En una comarca del Harz vivía un caballero al que solían llamar simple y llanamente Eckbert el rubio. Tenía aproximadamente cuarenta años, era de estatura mediana y unos cabellos de color rubio claro le caían lisos y pegados sobre el rostro, enjuto y pálido. Vivía muy tranquilo y retraído, y jamás se había involucrado en las querellas de sus vecinos; tampoco se lo veía mucho fuera de las murallas de su pequeño castillo. Su esposa gustaba de la soledad tanto como él, y ambos parecían amarse de corazón; de lo único que solían quejarse era de que el cielo no quisiera bendecir su matrimonio con hijos.

Rara vez recibía Eckbert visitas y, cuando esto sucedía, no alteraba por ellas prácticamente nada en el ritmo habitual de su vida: allí residía la mesura, y la economía en persona parecía disponerlo todo. Eckbert se mostraba entonces alegre y comunicativo; únicamente cuando se quedaba a solas se observaba en él una cierta reserva, una silenciosa y refrenada melancolía.

Nadie iba con tanta frecuencia al castillo como Philipp Walther, un hombre con el que Eckbert había trabado amistad porque había encontrado en él una forma de pensar prácticamente similar a la suya. Este residía en realidad en Franconia, pero solía pasar más de la mitad del año en las cercanías del castillo de Eckbert, coleccionando hierbas y piedras y trabajando en su clasificación; vivía de un pequeño patrimonio y no dependía de nadie. Con frecuencia Eckbert lo acompañaba en sus solitarios paseos y con los años fue surgiendo entre ellos una íntima amistad.

Hay horas en las que el hombre se acongoja cuando ha de guardar ante un amigo un secreto que hasta ese momento ha venido ocultando con gran cuidado; el alma siente entonces el irresistible impulso de abrirse por completo, de revelarle al amigo hasta lo más íntimo, para que con ello sea aún más nuestro amigo. En esos momentos las delicadas almas se dan a conocer la una a la otra, y a veces sucede también que el uno se espanta al conocer al otro.

Era ya otoño cuando Eckbert, en una noche de niebla, se hallaba sentado junto con su amigo y su esposa Bertha ante el fuego de una chimenea. Las llamas arrojaban un claro resplandor por toda la estancia, jugueteando en lo alto, en el techo; la noche entraba con toda su negrura a través de las ventanas y los árboles de afuera se estremecían con la humedad del frío. Walther se quejaba del largo camino que tenía por delante y Eckbert le propuso quedarse en su casa, pasar la mitad de la noche entre tranquilas conversaciones y luego dormir hasta la mañana siguiente en una estancia del castillo. Walther aceptó la propuesta y trajeron entonces el vino y la cena, atizaron el fuego con más leña y la conversación entre los amigos se tornó más alegre y confiada.

Una vez hubieron recogido la cena y los criados se hubieron marchado, Eckbert cogió la mano de Walther y dijo:

—Amigo, deberíais permitir que mi esposa os contara la historia de su juventud, que es bastante extraña.

—Con mucho gusto —dijo Walther, y volvieron a sentarse ante la chimenea.

Era justo medianoche, la luna se veía a intervalos por entre las nubes que pasaban volando.

—No me tengáis por impertinente —comenzó a decir Bertha—, mi marido dice que pensáis con tal nobleza que sería injusto ocultaros algo. Solo que no toméis mi historia por un cuento por muy extraña que os pueda sonar.

»Nací en un pueblo, mi padre era un pobre pastor. La despensa de mis progenitores no estaba muy bien surtida; con mucha frecuencia no sabía de dónde podrían sacar algo de pan. Pero lo que a mí más me apesadumbraba era que mi padre y mi madre discutían a menudo a causa de su pobreza y entonces el uno le hacía al otro amargos reproches. Si no, les oía hablar siempre de mí, de que era una niña tonta y simple, que no sabía hacer ni las cosas más insignificantes, y es verdad que yo era muy poco hábil y desmañada, me lo dejaba caer todo de las manos, no aprendí ni a coser ni a hilar y no sabía ayudar en nada en casa, lo único que entendía muy bien eran los apuros de mis padres. A menudo me sentaba entonces en un rincón y no dejaba de imaginarme cómo los ayudaría si de repente me hiciera rica, cómo los cubriría de oro y de plata y me recrearía viendo su asombro; entonces veía que venían flotando hacia mí unos espíritus que me descubrían unos tesoros subterráneos o que me daban pequeños guijarros que se transformaban en piedras preciosas, en resumidas cuentas, me sumía en las más maravillosas fantasías y, cuando luego tenía que levantarme para ayudar o para llevar algo, me mostraba aún mucho más torpe porque la cabeza me daba vueltas de tan extravagantes ideas.

»Mi padre siempre estaba muy enojado conmigo por ser una carga tan inútil para la casa; por eso a menudo me trataba con bastante crueldad y era raro que yo oyese una palabra amable de su boca. De ese modo habría cumplido aproximadamente los ocho años de edad cuando se tomaron serias medidas para que yo hiciera o aprendiera algo. Mi padre creía que el hecho de pasar los días sin hacer nada no era más que obstinación o pereza por mi parte; al final acabó lanzándome las más indescriptibles amenazas, pero como estas no dieron fruto me azotó sin conmiseración diciendo que ese castigo seguiría recayendo sobre mí a diario puesto que yo era una criatura inútil.

»Pasé toda la noche llorando amargamente, me sentía tan abandonada, me daba tanta pena de mí misma, que deseé morir. Temí que llegara el día, no sabía qué podía hacer; deseé tener todas las habilidades posibles sin poder comprender por qué yo era más simple que el resto de los niños que conocía. Estaba al borde de la desesperación.

»Al despuntar el día, me puse en pie y, casi sin darme cuenta, abrí la puerta de nuestra pequeña cabaña. Estaba en medio del campo y poco después me hallé en un bosque, en el que apenas penetraba aún la luz del día. Continué caminando sin mirar a mi alrededor; no sentía cansancio alguno, pues pensaba siempre que mi padre me alcanzaría y, furioso porque me había escapado, me trataría aún con mayor crueldad.

»Cuando volví a salir del bosque, el sol estaba ya bastante alto; entonces vi algo oscuro ante mí, cubierto por una espesa niebla. Tan pronto tuve que trepar por cerros como andar por un sinuoso camino entre las rocas, y supuse entonces que seguramente debía de encontrarme en las montañas vecinas, por lo que comencé a temer por mí en aquella soledad. Pues en la llanura yo no había visto nunca una montaña, y la mera palabra montaña, cuando había oído hablar de ella, había resultado ser un sonido terrible a mis infantiles oídos. No tenía valor para regresar, mi miedo me empujaba hacia delante; a menudo miraba asustada a mi alrededor cuando el viento soplaba por entre los árboles o un lejano golpe de tala resonaba en la silenciosa mañana. Cuando por fin me encontré con unos carboneros y con unos mineros y escuché una pronunciación que me resultó extraña, estuve a punto de perder el conocimiento de puro espanto.

»Atravesé varios pueblos mendigando, porque entonces sentía hambre y sed; me las apañaba como podía para responder cuando me preguntaban. Así llevaba caminando unos cuatro días cuando di con un pequeño sendero que me apartaba cada vez más del camino principal. Las rocas que había a mi alrededor adquirieron entonces otra forma, mucho más extraña. Eran peñascos, tan amontonados unos sobre otros que parecía como si el primer golpe de viento fuera a descolocarlos todos. No sabía si debía continuar. Por la noche siempre había dormido en el bosque, pues justamente estábamos en la estación más hermosa del año, o en retiradas cabañas de pastores; pero allí no encontraba refugio humano ninguno y tampoco podía suponer que encontraría uno en aquel agreste lugar: las rocas se volvían cada vez más terribles, a menudo tenía que caminar al borde de vertiginosos precipicios y, al final, el camino incluso llegó a desaparecer bajo mis pies. Estaba completamente desconsolada, lloraba y gritaba, y mi voz resonaba en los valles rocosos de forma espantosa. Entonces se hizo de noche y busqué un lugar con musgo para descansar en él. No podía dormir; en medio de la noche oía los sonidos más extraños: primero me parecían animales salvajes, luego el viento que gemía entre las rocas, luego aves desconocidas. Recé y no me dormí hasta casi el amanecer.

»Me desperté cuando la luz del día me daba ya en pleno rostro. Delante de mí había un empinado risco; trepé por él con la esperanza de descubrir desde allí la salida de aquel agreste lugar y divisar quizá casas o gentes. Pero cuando me hallé arriba todo lo que alcanzaba la vista, igual que a mi alrededor, estaba cubierto de un halo de niebla: el día era gris y turbio, y mis ojos no pudieron descubrir un árbol, una pradera, ni siquiera un arbusto, a excepción de algunos matorrales aislados que, solitarios y tristes, habían salido por entre las estrechas grietas de las rocas. No puedo describir el anhelo tan grande que sentí por ver aunque fuera a una sola persona, incluso si después me hubiera dado miedo. Sentí asimismo un hambre atroz, me senté en el suelo y decidí morir. No obstante, pasado un tiempo, las ganas de vivir acabaron venciendo, me rehice y pasé todo el día caminando entre lágrimas, entre suspiros entrecortados; al final ya ni siquiera me sentía a mí misma, estaba cansada y agotada, apenas deseaba seguir viviendo y, sin embargo, temía la muerte.

»Por la tarde el terreno que me rodeaba fue volviéndose algo más amable; mis pensamientos, mis anhelos volvieron a renacer, el deseo de vivir despertó en todas mis venas. Creí entonces escuchar a lo lejos el ruido de un molino, redoblé el paso y cuán reconfortada, cuán aliviada me sentí cuando por fin llegué de verdad a los límites de aquellas rocas yermas y volví a ver ante mí bosques y prados con lejanas y agradables montañas. Me sentí como si hubiera pasado del infierno a un paraíso, mi soledad y mi desamparo ya no me parecían tan terribles.

»En lugar del esperado molino di con una cascada, cosa que, naturalmente, disminuyó en mucho mi alegría; estaba sacando con la mano un trago del arroyo cuando, de repente, sentí como si a cierta distancia oyera una ligera tos. Jamás me he llevado una sorpresa tan agradable como la de aquel instante; me aproximé y, en un rincón del bosque, descubrí a una anciana que parecía estar descansando. Iba casi por completo vestida de negro, y un gorro, también negro, le cubría la cabeza y una gran parte del rostro; en la mano sostenía una muleta.

»Me acerqué a ella y le pedí ayuda, ella me dijo que me sentara a su lado y me dio pan y algo de vino. Mientras comía, cantó con voz chillona una canción religiosa. Una vez hubo terminado, me dijo que tuviera a bien seguirla.

»Me alegré mucho de aquella proposición por muy extraños que me parecieran la voz y el aspecto de la anciana. Con su muleta caminaba con bastante agilidad, y a cada paso ponía una cara tal que, al principio, no pude por menos que reírme. Las agrestes rocas iban quedando cada vez más atrás de nosotras, caminamos por una agradable pradera y luego por un bosque bastante grande. Cuando salimos, el sol se estaba poniendo y jamás olvidaré la visión y las sensaciones de aquel atardecer. Todo estaba fundido en el rojo y el oro más suaves, los árboles estaban allí con sus copas alzadas hacia el crepúsculo, y sobre los campos se posaba su encantador resplandor, los bosques y las hojas de los árboles estaban silenciosos, el límpido cielo parecía un paraíso abierto, y el rumor de los manantiales y, de vez en cuando, también el murmullo de los árboles, resonaban a través del jovial silencio como en melancólica alegría. Mi joven alma tuvo entonces por vez primera una idea del mundo y de lo que en él acontecía. Me olvidé de mí y de mi guía, mi espíritu y mis ojos tan solo vagaban por entre las doradas nubes.

»Subimos entonces por un cerro plantado de abedules, desde arriba se divisaba un verde valle lleno también de abedules y abajo, en medio de los árboles, había una pequeña cabaña. Unos alegres ladridos nos salieron al encuentro y al poco rato un ágil perrito saltaba sobre la anciana moviendo la cola; luego vino hacia mí, me inspeccionó por todas partes y regresó al lugar en el que estaba la anciana con amables gestos.

»Cuando bajamos del cerro, oí un canto maravilloso, similar al de un pájaro, que parecía venir de la casa, y que decía:

> Del bosque la soledad,
> ¡qué alegría me da!
> Mañana y hoy, da igual,
> y en toda la eternidad.
> ¡Oh, qué alegría me da
> del bosque la soledad!

»Estas pocas palabras se repetían constantemente; si hubiera de describirlo, era casi como si los tonos del cuerno de caza y la chirimía sonaran fundidos a lo lejos.

»Mi curiosidad había llegado a unos límites insospechados; sin esperar a que la anciana me lo ordenase, entré con ella en la cabaña. Ya había empezado a anochecer, todo estaba muy limpio, había algunas copas en una alacena, extraños recipientes sobre una mesa, en una reluciente jaula colgada junto a una ventana había un pájaro y en verdad era él el que cantaba aquella canción. La anciana carraspeó y tosió, parecía como si no pudiera volver a reponerse, pues tan pronto acariciaba al perrito como hablaba con el pájaro, que tan solo le respondía con su acostumbrado canto; por lo demás hizo como si yo no estuviera presente. Mientras la contemplaba de aquella forma, me sobrecogió algún que otro escalofrío, pues su rostro estaba en continuo movimiento, ya que, debido a la edad, no dejaba de mover la cabeza, de manera que yo, ni por asomo, era capaz de saber cuál era su verdadero aspecto.

»Una vez se hubo repuesto, encendió una luz, dispuso una mesa muy pequeña y sirvió la cena. Entonces me miró y me dijo que cogiera una de las sillas de mimbre trenzado. Así que me senté justo enfrente de ella, y la luz quedó en medio de las dos. Juntó sus huesudas manos y rezó en voz alta, sin dejar de hacer sus muecas, de manera que estuve prácticamente a punto de volver a reírme; pero me cuidé mucho de hacerlo para no enfadarla.

»Después de la cena volvió a rezar, y luego me señaló una cama en un cuarto bajo y estrecho; ella durmió en la sala. No permanecí mucho tiempo despierta, estaba bastante aturdida, pero en medio de la noche me desperté algunas veces y entonces oí a la anciana toser y hablar con el perro, y entre medias al pájaro, que parecía estar soñando y únicamente decía algunas palabras de su canción. Esto, junto con los abedules que murmuraban ante la ventana y el canto de algunos lejanos ruiseñores, daba como resultado una mezcolanza tan extraordinaria, que no siempre me sentía como si estuviese despierta, sino como si me sumiera en otro sueño, aún más extraño.

»La anciana me despertó por la mañana y poco después me indicó que me pusiera a trabajar. Tenía que hilar, y pronto también aprendí a hacerlo; entretanto tenía que cuidar además al perro y al pájaro. Rápidamente me familiaricé con la casa, y todos los objetos a mi alrededor me resultaban conocidos; me pareció entonces como si todo tuviera que ser de ese modo, no volví a pensar en que la anciana tenía en sí algo extraño, en que la casa resultaba bastante singular y estaba apartada de todas las gentes, ni en que el pájaro tenía algo de extraordinario. No obstante, su hermosura me llamaba la atención, pues sus plumas brillaban con todos los colores posibles, el más hermoso azul claro y el rojo más abrasador se alternaban en su cuello y en su cuerpo y, cuando cantaba, se henchía de orgullo, de manera que su plumaje se dejaba ver aún con mayor suntuosidad.

»A menudo la anciana se iba y no regresaba hasta la noche; entonces yo salía a recibirla con el perro y ella me llamaba su niña y su hijita. Acabé por apreciarla de corazón, pues nuestros sentidos se acostumbran a todo, especialmente durante la infancia. Por la noche me enseñaba a leer; me manejaba con facilidad en aquel arte y después, en mi soledad, me resultó una fuente de infinito placer, porque ella tenía algunos libros antiguos que contenían historias maravillosas.

»El recuerdo de mi vida de entonces continúa resultándome extraño incluso hoy en día: sin visitas de ninguna criatura humana, encerrada en un círculo familiar tan estrecho, pues el perro y el pájaro me causaban la misma impresión que, por lo general, solo producen los viejos amigos. No he podido volver a acordarme jamás del extraño nombre del perro por mucho que lo llamé entonces.

»Cuatro años había vivido así con la anciana, y debía de tener aproximadamente doce cuando finalmente se confió a mí y me descubrió un secreto: el pájaro ponía todos los días un huevo en el que había una perla o una piedra preciosa. Yo siempre había notado que ella hacía algo a escondidas en la jaula, pero nunca me había preocupado lo más mínimo por ello. Entonces me encargó que, durante su ausencia cogiera esos huevos y los guardara bien en aquellos recipientes extraños. Me dejó suficiente comida y permaneció fuera más tiempo de lo habitual, semanas, meses; mi rueca giraba, el perro ladraba, el pájaro maravilloso cantaba, y en derredor todo estaba tan silencioso que en todo ese tiempo no recuerdo que hubiera ni un solo vendaval, ni una tormenta. Ningún ser humano se perdía por allí, ningún animal salvaje se acercaba a nuestra casa, yo estaba contenta y continuaba trabajando un día tras otro... Tal vez el hombre sería muy feliz si pudiera llevar una vida así, sin perturbaciones, hasta el final de sus días.

»De lo poco que leí me hice unas ideas muy fantásticas del mundo y de los hombres, pues todo lo había sacado de mí misma y de lo que me rodeaba: si se hablaba de gente alegre, no podía imaginármela de otra manera más que como el perrito, las elegantes damas tenían siempre el aspecto del pájaro, todas las mujeres de avanzada edad el de mi extraña anciana. También había leído algo acerca del amor y entonces representaba en mi fantasía extrañas historias conmigo misma. Me imaginaba al caballero más apuesto del mundo, lo adornaba de todas las excelencias, sin saber en realidad qué aspecto tenía después de todos mis esfuerzos, aunque sí era capaz de sentir auténtica compasión conmigo misma si no me correspondía; entonces pronunciaba en mi mente largos y conmovedores discursos, a veces incluso en voz alta, tan solo para conquistarlo... ¡Os reís! Ahora hace ya mucho que todos hemos dejado atrás esos años de juventud.

»Por esa época prefería estar sola, pues entonces solo yo era la dueña de la casa. El perro me quería mucho y hacía todo lo que yo quería; el pájaro respondía con su canción a todas mis preguntas, mi rueca giraba cada vez más animada y de ese modo, en el fondo, jamás sentí deseo alguno de transformación. Cuando la anciana regresó de su largo viaje, alabó mi atención, dijo que su hogar, desde que yo formaba parte de él, estaba mucho más ordenado, que se alegraba de ver cómo yo estaba creciendo y de mi aspecto tan sano, en resumidas cuentas, de principio a fin me trató como a una hija.

»—¡Qué buena eres, mi niña! —me dijo en una ocasión en un tono chirriante—. Si sigues así, siempre te irá bien; pero nunca se logra nada si uno se aparta del camino recto: lo único que se encuentra después es el castigo, aunque llegue tarde.

»Mientras decía esto no le presté demasiada atención, pues yo era muy vivaz en todos mis movimientos y en todo mi ser; pero por la noche volví a acordarme de ello y no pude comprender lo que había querido decir. Reflexioné minuciosamente sobre todas y cada una de las palabras; yo había leído acerca de riquezas, y al final se me ocurrió que sus perlas y sus piedras preciosas debían de ser seguramente algo muy valioso. Pronto fui viendo esta idea cada vez con más claridad. Pero ¿qué podía haber querido decir con lo del camino recto? Aún seguía sin comprender del todo el sentido de sus palabras.

»Tenía entonces catorce años y es una desgracia para el hombre que llegue a tener razón únicamente para perder la inocencia de su alma. Me di buena cuenta de que tan solo dependía de mí hacerme con el pájaro y las joyas en ausencia de la anciana, y salir a recorrer con ellos el mundo del que tanto había leído. Tal vez entonces me fuera posible también encontrar a ese caballero extremadamente apuesto que seguía aún en mi memoria.

»Al principio esta idea no era más que una idea cualquiera, pero cuando me sentaba a la rueca, me volvía a la mente en contra de mi voluntad, y me perdía en ella de tal modo que ya me veía ricamente engalanada y toda rodeada de caballeros y príncipes. Si de esa forma me olvidaba de mí misma, al volver a levantar la vista y encontrarme en mi pequeña morada me sobrecogía una considerable tristeza. Además, en tanto que yo hacía mis cosas, la anciana ni siquiera se preocupaba por mi persona.

»Un día, mi anfitriona volvió a marcharse y me dijo que en esa ocasión permanecería ausente más tiempo de lo habitual, que cuidara bien de todo y que no me aburriera. Me despedí de ella con cierto temor, pues sentía como si no fuera a volver a verla. La seguí largo rato con la mirada sin saber yo misma siquiera por qué estaba tan atemorizada; era casi como si mi propósito estuviera ya ante mis ojos sin que yo fuera plenamente consciente de ello.

»Nunca había cuidado al perro y al pájaro con tal celo; les tenía más afecto que de costumbre. La anciana llevaba ya unos días ausente cuando me levanté con el firme propósito de abandonar la cabaña y salir a ver el susodicho mundo. Me sentía angustiada y recelosa; por un lado deseaba quedarme allí y, por otro, esa idea me repugnaba, en mi alma se daba una extraña disputa, como si dos espíritus fantasmagóricos lucharan en mi interior. Al momento la apacible soledad me parecía algo muy hermoso, pero luego volvía a encantarme la idea de un mundo nuevo con toda su maravillosa variedad.

»Yo no sabía qué decisión tomar, el perro no dejaba de saltar a mi alrededor, el resplandor del sol se extendía alegre por los campos, los verdes abedules centelleaban: tenía la sensación de tener que hacer algo muy urgente, así que cogí al perrito, lo dejé bien atado en la sala y luego me puse la jaula del pájaro bajo el brazo. El perro se encogió y gimió por este trato poco usual, y me miró con ojos suplicantes, pero me dio miedo llevarlo conmigo. Cogí además uno de los recipientes que estaba lleno de piedras preciosas y me lo guardé; el resto lo dejé allí.

»El pájaro volvió la cabeza de una forma muy extraña cuando salí con él por la puerta; el perro se esforzó por seguirme, pero tuvo que quedarse atrás.

»Evité el camino hacia el páramo rocoso y me dirigí hacia el lado contrario. El perro seguía ladrando y gimiendo, cosa que me conmovió en lo más profundo de mi ser; el pájaro trató de empezar a cantar varias veces, pero, como lo iba moviendo, no debía de resultarle cómodo.

»A medida que iba avanzando los ladridos se oían con menos fuerza, hasta que al final cesaron por completo. Me eché a llorar y a punto estuve de darme la vuelta, pero el deseo de ver cosas nuevas me impulsó hacia delante.

»Había cruzado ya la montaña y atravesado algunos bosques cuando se hizo de noche y tuve que entrar en un pueblo. Al entrar en la posada me sentía muy débil; me indicaron una habitación y una cama y dormí bastante tranquila, aunque soñé con la anciana que me amenazaba.

»Mi viaje fue bastante monótono, pero, cuanto más avanzaba, más me angustiaba la imagen de la anciana y del perrito, y pensaba que probablemente se moriría de hambre sin mi ayuda; en el bosque a menudo me daba la impresión de que, de repente, iba a encontrarme con la anciana. Así, entre lágrimas y suspiros, continué el camino; cada vez que me detenía a descansar y dejaba la jaula en el suelo, el pájaro cantaba su maravillosa canción y, al oírlo, yo recordaba vivamente el hermoso lugar que había abandonado. Como la naturaleza humana es olvidadiza, creí entonces que mi anterior viaje, el de mi infancia, no había sido tan triste como el de ahora y deseaba volver a estar en la misma situación.

»Había vendido algunas piedras preciosas y, tras muchos días de caminata, llegué a un pueblo. Ya al entrar tuve una sensación extraña y me asusté sin saber de qué; pero pronto me di cuenta de que era el mismo pueblo en el que había nacido. ¡Qué sorpresa me llevé! ¡Cómo rodaron por mis mejillas lágrimas de alegría por un sinfín de curiosos recuerdos! Muchas cosas habían cambiado: había casas nuevas, otras que se acababan de construir por entonces estaban ahora desvencijadas, y también vi señales de fuego; todo era mucho más pequeño y estaba más aglomerado de lo que había esperado. Me alegré infinitamente de volver a ver a mis padres después de tantos años; encontré la casita, el conocido umbral y el picaporte, que estaba igual que antes; sentí como si acabase de tocarlo el día anterior, mi corazón latía desaforado y abrí la puerta presurosa... pero en la sala había unos rostros completamente desconocidos que me miraron fijamente. Pregunté por el pastor Martin y me dijeron que había muerto hacía tres años junto con su mujer... Retrocedí rápidamente y llorando a gritos salí del pueblo.

»Me lo había imaginado todo tan bonito, sorprendiéndolos con mis riquezas...; pero debido a la más extraña de las casualidades ahora se había hecho realidad lo que yo siempre había soñado en mi infancia... en cualquier caso, todo era en vano, ya no podían alegrarse conmigo y aquello que yo más había deseado en mi vida lo había perdido para siempre.

»En una agradable ciudad alquilé una casita con un jardín y tomé a una mujer a mi servicio. El mundo no me resultó tan maravilloso como había imaginado, pero me olvidé algo más de la anciana y de mi anterior morada, y de ese modo vivía muy satisfecha con todo.

»Hacía mucho que el pájaro no había vuelto a cantar, de manera que no me asusté poco cuando una noche, de repente, empezó de nuevo a hacerlo y además con una canción diferente. Decía:

> Del bosque la soledad,
> ¡cuán lejos estás!

Oh, el tiempo pasará
y te arrepentirás...
¡Ay, alegría sin par,
del bosque la soledad!

»No pude dormir en toda la noche, todo me volvió de nuevo a la cabeza y más que nunca sentí que había cometido una injusticia. Al levantarme, la visión del pájaro me resultó muy desagradable, no dejaba de mirarme y su presencia me angustiaba. No cesaba de cantar su canción, y cantaba en un tono más alto y más estridente de lo acostumbrado. Cuanto más lo miraba, más miedo me daba; finalmente abrí la jaula, metí la mano y lo cogí por el cuello, apreté los dedos con fuerza, él me miró suplicante y lo solté, pero ya estaba muerto... Lo enterré en el jardín.

»Entonces, a menudo, empecé a sentir cierto miedo de mi asistenta; me acordé de mí misma tiempo atrás y pensé que ella también podría robarme o acaso incluso asesinarme... Hacía ya tiempo que conocía a un joven caballero que me gustaba sobremanera y le concedí mi mano... y con esto, señor Walther, he terminado mi historia.

—Tendríais que haberla visto por entonces —interrumpió Eckbert apresuradamente—, su juventud, su belleza, y ese encanto tan incomprensible que le había dado su educación en soledad. Me parecía como un milagro y la amaba sin medida. Yo no tenía bienes, pero gracias a su amor conseguí este bienestar; nos trasladamos aquí y ni un solo instante nos hemos arrepentido de nuestra unión.

—Pero con nuestra charla —comenzó a decir Bertha de nuevo— se ha hecho ya muy de noche... vayámonos a dormir.

Se puso en pie y se dirigió a su cuarto. Walther le deseó buenas noches con un beso en la mano y le dijo:

—Noble señora, os lo agradezco, os puedo imaginar bien con ese extraño pájaro y alimentando al pequeño Strohmian.

También Walther se fue a dormir, tan solo Eckbert se quedó en la sala caminando intranquilo de un lado a otro.

—¿No es el hombre un necio? —comenzó a decir finalmente—. ¡Yo soy el culpable de que mi mujer le haya contado su historia a Walther y ahora me arrepiento de esa confianza...! ¿Acaso no hará un mal uso de ella? ¿Acaso se la contará a otros? ¿No sentirá tal vez, pues esa es la naturaleza del ser humano, una desgraciada codicia por nuestras piedras preciosas y hará planes al respecto actuando con disimulo?

Tuvo la impresión de que Walther no se había despedido de él con la cordialidad que hubiera sido natural después de haberle demostrado tal sinceridad. Cuando el alma se ha preparado ya para la desconfianza, encuentra confirmación en cualquier pequeñez. Entonces Eckbert volvió a reprocharse su desleal falta de confianza frente al noble amigo, pero no pudo quitarse de la cabeza esa idea. Pasó toda la noche imaginando cosas así y durmió muy poco.

Bertha se sintió enferma y no pudo acudir al desayuno; Walther no parecía preocuparse demasiado por ello y también se despidió del caballero con bastante indiferencia. Eckbert no podía comprender su comportamiento; fue a ver a su esposa, que yacía en un estado febril, y le dijo que tenía que ser la historia de la noche anterior lo que la había excitado de ese modo.

Desde esa noche Walther rara vez acudió al castillo de su amigo y, cuando iba, volvía a marcharse tras haber intercambiado unas pocas palabras sin importancia. Eckbert se sentía atormentado en sumo grado por esa conducta; no obstante, no dejó que Bertha ni Walther se dieran cuenta de nada, pero ambos debieron de percibir su desasosiego interior.

La enfermedad de Bertha fue agravándose cada vez más; el médico comenzó a angustiarse, el color desapareció de sus mejillas y sus ojos se volvieron cada vez más abrasadores... Una mañana pidió que llamaran a su marido y que las criadas se retiraran.

—Querido esposo —empezó diciendo—, he de revelarte algo que, aunque pudiera parecer una pequeñez insignificante, casi me ha hecho perder el juicio y está destrozando mi salud... Sabes que, por mucho que he hablado de mi infancia, a pesar de todos los esfuerzos que he hecho, seguía sin poder recordar el nombre del perrito con el que pasé tanto tiempo; la otra noche, al despedirse, Walther me dijo de repente: «Os puedo imaginar bien con ese extraño pájaro y alimentando al pequeño Strohmian». ¿Será una casualidad? ¿Adivinó el nombre? ¿Lo sabía y lo dijo a propósito? ¿Y qué relación tiene este hombre con mi destino? De vez en cuando lucho conmigo misma como si tan solo estuviera imaginándome cosas absurdas, pero es cierto, demasiado cierto. Fui presa de un poderoso espanto en el momento en que una persona extraña me ayudó de ese modo a recordar. ¿Qué opinas tú, Eckbert?

Eckbert miró a su esposa enferma con profunda compasión; guardó silencio y reflexionó para sus adentros, luego le dijo algunas palabras de consuelo y se despidió. En una estancia retirada comenzó a caminar de arriba abajo con indescriptible inquietud. Walther era el único con el que había tenido trato desde hacía muchos años y, sin embargo, ahora esa persona era la única en el mundo cuya presencia lo angustiaba y lo atormentaba. Le pareció que se sentiría alegre y aliviado solo con que ese único ser fuera apartado de su camino. Cogió su ballesta para distraerse y salió de caza.

Era un crudo y tormentoso día de invierno, una espesa capa de nieve cubría las montañas y doblaba las ramas de los árboles. Anduvo vagando por los alrededores, el sudor le cubría la frente, no dio con ninguna presa y eso aumentó su desánimo. De repente vio moverse algo a lo lejos: era Walther, que recogía musgo de los árboles. Sin saber lo que hacía apuntó; Walther miró en torno suyo y le amenazó con un gesto mudo, pero entretanto la flecha había salido disparada y Walther cayó al suelo.

Eckbert se sintió ligero y tranquilo, aunque, no obstante, un escalofrío lo empujó a regresar a su castillo; tenía un largo camino por recorrer, pues se había adentrado bastante en el bosque... Cuando llegó, Bertha ya había muerto; antes de morir había hablado aún mucho de Walther y de la anciana.

Eckbert vivió luego mucho tiempo en la mayor de las soledades; siempre había tenido un carácter muy melancólico, porque la extraña historia de su esposa lo intranquilizaba y temía que pudiera acontecer algún suceso desafortunado; pero ahora se había derrumbado por completo. El asesinato de su amigo no se le iba de la cabeza, vivía entre eternos reproches a sí mismo.

Para distraerse se dirigía de vez en cuando a la gran ciudad, donde acudía a reuniones y fiestas. Deseaba llenar con algún amigo el vacío de su alma, pero, cuando volvía a pensar en Walther, se asustaba ante la idea de encontrar un confidente, pues estaba convencido de que con un amigo, fuese del tipo que fuese, únicamente podía ser desdichado. Había vivido tanto tiempo con Bertha en esa hermosa paz, la amistad de Walther le había hecho feliz durante algunos años, y ahora los dos habían desaparecido tan de repente que, en algunos momentos, su vida le parecía más un sueño extraño que una biografía real.

Un joven caballero, Hugo, trabó amistad con el silencioso y triste Eckbert, y parecía sentir hacia él un auténtico afecto. Eckbert se vio extraordinariamente sorprendido y respondió a la amistad del caballero con mucha más rapidez de lo que podría haber sospechado. Ambos se veían ahora con bastante frecuencia, el desconocido hacía a Eckbert todos los favores imaginables, apenas salían ya a cabalgar el uno sin el otro, y se encontraban en todas las reuniones; en resumen, parecían inseparables.

Eckbert tan solo se sentía alegre durante muy breves instantes, pues sentía con claridad que Hugo únicamente lo amaba por un error; él no lo conocía, no sabía nada de su historia y volvía a sentir el mismo impulso de contárselo todo para poder estar seguro de que él era verdaderamente su amigo. Luego le volvían las dudas y el temor de que lo despreciaran. En algunos momentos estaba tan convencido de su indignidad que creía que ningún hombre para el que él no fuera un completo extraño podría hacerle digno de su respeto. Pero aun con todo no pudo resistirse; durante un solitario paseo a caballo le reveló a su amigo toda su historia y le preguntó después si acaso podía seguir apreciando a un asesino. Hugo se sintió conmovido y trató de consolarlo; Eckbert lo siguió con el corazón aliviado hasta la ciudad.

Pero parecía estar condenado a sentir enojo en lugar de confianza, pues apenas habían entrado en la sala cuando, al ver los gestos de su amigo a la luz de las muchas velas, no le gustaron. Creyó percibir una sonrisa maliciosa, le pareció que hablaba muy poco con él, que hablaba mucho con los presentes y que parecía no percatarse en absoluto de su presencia. En la reunión estaba un anciano caballero que siempre se había mostrado como adversario de Eckbert y a menudo había tratado de hacer indagaciones sobre sus riquezas y las de su esposa por sus propios medios; a este se unió Hugo y ambos estuvieron hablando durante un rato en privado, en tanto que señalaban hacia Eckbert. Este vio entonces confirmadas sus sospechas, se creyó traicionado y una rabia terrible se apoderó de él. Mientras lo miraba fijamente, vio de repente el rostro de Walther, todos sus gestos, toda su figura, tan bien conocida; continuó mirando y se convenció de que nadie sino Walther estaba hablando con el anciano... Su espanto fue indescriptible; absolutamente fuera de sí abandonó la sala a toda velocidad; esa misma noche dejó la ciudad y, tras muchos rodeos, regresó a su castillo.

Cual espíritu inquieto fue entonces de estancia en estancia, ningún pensamiento lo detenía, su mente iba de unas ideas terroríficas a otras aún más terribles y el sueño no se posaba en sus ojos. A menudo pensaba que estaba loco y que todo era tan solo fruto de su imaginación; luego volvía a acordarse de los rasgos de Walther y todo se convertía en un enigma cada vez mayor. Decidió hacer un viaje para volver a ordenar sus pensamientos; había renunciado para siempre a la idea de la amistad, al deseo de tratar con gente.

Se marchó sin proponerse un camino concreto, y apenas contemplaba las tierras que tenía ante sí. Cuando ya llevaba unos días avanzando a galope tendido con su caballo, se vio de repente perdido en un laberinto de peñas entre las cuales no se veía salida por ninguna parte. Finalmente dio con un campesino que le mostró un sendero que pasaba por una cascada; quiso darle unas monedas en agradecimiento, pero el campesino las rechazó.

—¿Cómo es posible? —se dijo Eckbert—. ¿Pues no me ha parecido que este hombre no era otro que Walther?

Y mientras lo decía se volvió otra vez y no era otro que Walther... Eckbert espoleó a su caballo para que corriera lo más rápido posible por praderas y bosques, hasta que, agotado, se desplomó junto a él... Sin preocuparse por ello, continuó entonces su viaje a pie.

Como en sueños subió un cerro; era como si percibiera un ladrido cercano, alegre, los abedules murmuraban entre medias y oyó que cantaban una canción con tonos maravillosos:

> Del bosque la soledad
> me vuelve a alegrar,
> no tengo ningún pesar,
> aquí la envidia no ha de habitar,
> me vuelve a alegrar
> del bosque la soledad.

Eckbert había perdido el conocimiento, los sentidos; no era capaz de descifrar el enigma de si ahora estaba soñando o de si en alguna ocasión había soñado con una esposa de nombre Bertha; lo más maravilloso se mezclaba con lo más habitual, el mundo a su alrededor estaba hechizado y era incapaz de pensar, de recordar.

Una anciana encorvada se aproximó al cerro tosiendo, apoyada en una muleta.

—¿Me traes a mi pájaro? ¿Mis perlas? ¿A mi perro? —le gritó saliéndole al paso—. Mira, la injusticia se castiga a sí misma: nadie sino yo era tu amigo Walther, tu Hugo.

—¡Dios de los cielos! —dijo Eckbert en voz baja para sus adentros—. ¿En qué espantosa soledad he pasado entonces mi vida?

—Y Bertha era tu hermana.

Eckbert se desplomó.

—¿Por qué me abandonó tan pérfidamente? De lo contrario todo habría terminado bien, de una forma bonita, su tiempo de prueba ya había pasado. Era la hija de un caballero que la dejó con un pastor para que la educara, la hija de tu padre.

—¿Por qué he tenido siempre esos terribles presentimientos? —exclamó Eckbert.

—Porque en tu temprana juventud oíste a tu padre hablar de ello en una ocasión; no podía educar a esa hija en casa debido a su esposa, puesto que era de otra mujer.

Eckbert yacía enloquecido y agonizante sobre el suelo; sorda y confusamente oía hablar a la vieja, ladrar al perro y repetir su canción al pájaro.

El monte de las runas

Un joven cazador estaba sentado en lo más profundo de la sierra, reflexionando junto a una trampa para pájaros, mientras el rumor de las aguas y del bosque resonaba en la soledad. Pensaba en su destino, en lo joven que era y en cómo había abandonado a su padre y a su madre, su tierra bien conocida y a todos los amigos de su pueblo para buscar un entorno ajeno en el que alejarse del círculo vicioso de la costumbre, y alzaba la vista con un gesto de asombro por encontrarse en ese momento en aquel valle y con aquella ocupación. Grandes nubes surcaban el cielo y se perdían tras las montañas, los pájaros cantaban por entre la espesura y un eco les respondía. Descendió lentamente por la montaña y se sentó a la orilla de un arroyo que pasaba murmurante por unos salientes rocosos. Escuchó la cambiante melodía del agua y le pareció como si las olas le dijeran miles de cosas con palabras incomprensibles que para él eran muy importantes, y no pudo por menos que entristecerse en lo más profundo de su ser por no ser capaz de comprender lo que decían. Volvió a mirar a su alrededor y le pareció que estaba alegre y feliz; así que volvió a hacer acopio de fuerzas y cantó en voz alta una canción de caza:

Por entre las piedras alegre y feliz
sale el joven a la caza,
ha de aparecer su botín
por entre los bosques de un verde sin fin,
busca hasta la noche bien entrada.

Sus leales perros ladran
en la hermosa soledad,
en el bosque los cuernos restallan,
y los corazones valerosos se agrandan:
¡oh, qué bello el tiempo de cazar!

Los peñascos son su hogar
los árboles lo saludan a coro,
susurra el crudo aire otoñal,
entonces jadeante los riscos habrá de pasar
si encuentra al ciervo y al corzo.

Deja al labriego sus fatigas
y al marino tan solo su mar,
nadie ve en horas matutinas
de Aurora las ardientes pupilas,
y el pesado rocío de las hojas colgar,

más que quien conoce bosques, presas y caza,
y Diana su sonrisa le dedica;

> la más hermosa imagen le inflama,
> a la que él llama su amada:
> ¡oh, cazador, qué dicha!

Mientras cantaba esta canción el sol se había puesto y unas oscuras sombras cayeron sobre el angosto valle. Una refrescante penumbra cubrió el suelo, y únicamente las copas de los árboles continuaban doradas por el resplandor vespertino, igual que las onduladas cimas de las montañas. Los ánimos de Christian estaban cada vez más tristes, no quería regresar a su puesto pero tampoco quería quedarse; se sentía muy solo y anhelaba ver a algún ser humano. Ahora deseaba los antiguos libros que siempre había visto en casa de su padre y que nunca había querido leer por mucho que su padre le apremiara a ello; le vinieron a la mente escenas de su infancia, los juegos con los chicos del pueblo, sus amistades entre los niños, la escuela que tan opresiva le había resultado, y anheló regresar a ese entorno que había abandonado voluntariamente para buscar su suerte en regiones desconocidas, en montañas, entre gentes extrañas, en una nueva ocupación. Mientras se hacía más de noche y el arroyo susurraba con más fuerza y las aves nocturnas comenzaban su confusa marcha dando rodeos en su vuelo, él seguía sentado, apesadumbrado y ensimismado; hubiera querido llorar sin saber en absoluto qué era lo que debía proponerse y hacer. Sin pensar arrancó de la tierra una espléndida raíz y, de repente, llevándose un buen susto, oyó un sordo quejido en el suelo que se prolongaba en unos tonos quejumbrosos y se apagaba lastimero a lo lejos. El sonido penetró hasta lo más hondo de su corazón, tuvo la sensación de que, inesperadamente, había rozado una herida, a causa de la cual el agonizante cadáver de la naturaleza iba a morir entre dolores. Se levantó de un salto y se dispuso a huir, pues en alguna ocasión había oído hablar ya de la extraña raíz de la mandrágora que, al arrancarla, emite unos quejidos tan desgarradores que el hombre necesariamente se vuelve loco con sus gemidos. Cuando iba a marcharse vio a sus espaldas a un desconocido que lo miraba amablemente y que le preguntó adónde iba. Christian había deseado compañía y, sin embargo, volvió a asustarse ante tan amable presencia.

—¿Adónde vais tan deprisa? —volvió a preguntar el desconocido.

El joven cazador trató de rehacerse y le contó lo terrible que le había parecido de repente la soledad y que había tratado de resguardarse, pues la noche era muy oscura, las verdes sombras de los árboles muy tristes, el arroyo hablaba en altos lamentos y las nubes del cielo se llevaban sus anhelos más allá de las montañas.

—Todavía sois joven —dijo el desconocido— y no podéis soportar aún la dureza de la soledad; os acompañaré, pues no encontraréis ninguna casa ni ningún pueblo en el radio de una milla, conversaremos por el camino y nos contaremos cosas, así disiparéis esos turbios pensamientos; dentro de una hora la luna saldrá por detrás de las montañas y su luz iluminará entonces también vuestra alma.

Se pusieron en marcha y pronto el extraño le resultó al joven un viejo conocido.

—¿Cómo habéis llegado hasta estas sierras? —le preguntó aquel—. Por vuestro acento no sois de aquí.

—Ay —dijo el joven— de eso habría mucho que decir, y, sin embargo, no merece la pena hablar de ello ni contar nada; algo así como un poder extraño me sacó del círculo de mis padres y parientes, mi espíritu no era dueño de sí mismo; igual que un pájaro que ha caído en una red y se resiste en vano, así de enredada estaba mi alma en las ideas y los deseos más extraños. Vivíamos lejos de aquí, en una llanura en la que no se divisaba una sola montaña, una sola elevación en todo alrededor; unos pocos árboles adornaban el verde valle, pero los prados, los fértiles campos de trigo y los huertos se extendían hasta donde podía alcanzar la vista; cual poderoso espíritu, un gran río atravesaba resplandeciente los prados y los campos. Mi padre era jardinero en palacio y pensaba instruirme en esa misma ocupación; él adoraba las plantas y las flores por encima de todo y podía pasarse días enteros sin cansarse atendiéndolas y cuidándolas. Incluso llegaba al extremo de afirmar que casi podía hablar con ellas; que aprendía de su crecimiento y de su germinación, así como de las variadas formas y colores de sus hojas. A mí no me gustaba el trabajo de jardinero, tanto menos cuanto que mi padre trataba de convencerme o incluso de obligarme a ello con amenazas. Yo quería ser pescador y lo intenté, solo que la vida en el agua tampoco me iba; entonces me emplearon en la ciudad con un comerciante y este pronto me envió también de vuelta a la casa paterna. De repente oí a mi padre hablar de las montañas por las que había viajado en su juventud, de las minas subterráneas y de los que en ellas trabajaban, de los cazadores y de sus ocupaciones, y, de improviso, se despertó en mi interior el impulso más decidido, la sensación de que había encontrado entonces la forma de vida apropiada para mí. Día y noche pensaba en ello y me imaginaba altas montañas, riscos y bosques de abetos; mi imaginación se inventó unas rocas monstruosas, en mis pensamientos oía el fragor de la caza, los cuernos y el griterío de los perros y de las presas; todos mis sueños estaban repletos de cosas similares y con ello no tenía ya ni tranquilidad ni descanso. La llanura, el palacio, el pequeño y limitado jardín de mi padre con sus ordenados macizos de flores, la estrecha morada, el amplio cielo que se extendía tan triste en derredor sin abrazar ninguna altura, ninguna majestuosa montaña, todo me resultaba cada vez más triste y más odioso. Me parecía como si los hombres vivieran a mi alrededor en la más lamentable ignorancia y que todos pensarían y sentirían lo mismo que yo si por una sola vez tuvieran conciencia en su alma de ese sentimiento de miseria. Así andaba hasta que una mañana tomé la decisión de abandonar para siempre la casa de mis padres. En un libro había encontrado información sobre las grandes montañas no lejos de allí, así como imágenes de algunas de esas regiones, y hacia ellas me encaminé. Era a comienzos de la primavera y yo me sentía del todo alegre y ligero. Me apresuré a dejar atrás la llanura lo antes posible y una noche vi ante mí a lo lejos los oscuros perfiles de las montañas. En la posada apenas pude dormir, tan impaciente estaba por pisar esa región que yo tenía por mi hogar; a primera hora de la mañana ya estaba despierto y otra vez de camino. Por la tarde me encontraba ya al pie de las muy queridas montañas; caminaba como embriagado, luego me detenía un rato, miraba hacia atrás y me extasiaba con todos los objetos desconocidos y, sin embargo, tan familiares. Pronto perdí de vista la llanura a mis espaldas, los torrentes del bosque me salían al encuentro murmurando, las hayas y los robles rugían agitando sus hojas en lo alto de las empinadas laderas; mi camino me llevó por vertiginosos abismos, las montañas azules se elevaban altas y venerables al fondo. Un nuevo mundo se había abierto ante mí, y no me cansaba. De este modo, tras haber recorrido una buena parte de la montaña, llegué pasados unos días a casa de un anciano guardabosques que, tras mis encarecidas súplicas, me acogió para instruirme en el arte de la caza. Ahora llevo ya tres meses a su servicio. Tomé posesión de la zona en la que me alojaba como de un reino; llegué a conocer cada risco, cada quebrada de la sierra, me sentía extremadamente dichoso con lo que hacía, tanto cuando íbamos a la montaña por la mañana temprano como cuando talábamos árboles en el bosque o cuando ejercitaba mi ojo y mi carabina, o cuando adiestraba a los leales compañeros, a los perros, en sus habilidades. Ahora llevo ocho días aquí arriba sentado junto a una trampa para pájaros, en lo más solitario de la montaña, y esta noche me he sentido tan triste como no lo había estado jamás en mi vida; me he visto tan perdido, tan desdichado, y aún sigo sin ser capaz de recuperarme de este penoso estado de ánimo.

El desconocido había escuchado con atención mientras ambos atravesaban caminando un oscuro sendero del bosque. Salieron entonces a un claro, y la luz de la luna, situada con sus cuernos en lo alto de la cima de la montaña, los saludó amablemente: la sierra dividida estaba ante ellos, con formas irreconocibles y un sinfín de volúmenes bien diferenciados, que el pálido resplandor volvía a unir de forma enigmática, al fondo una empinada montaña sobre la cual se dejaban ver, siniestras a la luz del blanco resplandor, unas antiquísimas y desvencijadas ruinas.

—Nuestros caminos se separan aquí —dijo el desconocido—, yo voy a bajar hacia esa hondonada, mi casa está allí, junto a aquella vieja mina: las piedras son mis vecinas, los torrentes me cuentan cosas maravillosas por la noche, hasta allí no me puedes seguir. Pero mira allá arriba, la montaña de las runas con sus escarpadas paredes... ¡con cuán encantadora belleza nos contempla esa vieja roca! ¿No has estado nunca en ella?

—Nunca —dijo el joven Christian—, en una ocasión oí a mi anciano guardabosques contar cosas maravillosas de esa montaña que yo, tonto de mí, he olvidado; pero me acuerdo de que aquella noche tuve una sensación de miedo. Me gustaría subir allí arriba alguna vez, pues las luces son allí mucho más bellas, la hierba allí arriba tiene que ser muy verde, el entorno muy peculiar... también puede ser que allá en lo alto se encuentre alguna que otra maravilla de tiempos remotos.

—Seguro que no faltan —dijo aquel—, quien sepa buscar, quien tenga un corazón que realmente sienta esa atracción en lo más hondo, ese encontrará allí amigos antiquísimos y cosas espléndidas, todo lo que desee con mayor fervor.

Diciendo esto el desconocido bajó rápidamente sin decir adiós a su compañero; pronto desapareció en la espesura y poco después dejaron de oírse también sus pisadas. El joven cazador no se asombró; tan solo redobló sus pasos en dirección a la montaña de las runas, todo le hacía señas en aquella dirección, las estrellas parecían alumbrar hacia ella, la luna le señalaba las ruinas con un claro sendero, las nubes ligeras pasaban hacia allá y, desde las profundidades, las aguas y los susurrantes bosques le hablaban y le infundían valor. Sus pasos parecían alados, el corazón le palpitaba, sentía tan gran alegría en su interior que, poco a poco, pasó a convertirse en temor... Llegó a regiones en las que no había estado nunca; los peñascos se hicieron más empinados, el verde desapareció, las desnudas paredes lo llamaban como con voces airadas y un viento solitario y quejumbroso lo ahuyentaba de allí. Así avanzó presuroso, sin descanso, y ya pasada la medianoche llegó a un estrecho sendero que corría pegado a un precipicio. No prestó atención a las profundidades que se abrían a sus pies y que amenazaban con engullirlo, tanto le espoleaban sus ensoñaciones y sus incomprensibles anhelos. Entonces el arriesgado camino lo condujo por una peligrosa pared que parecía perderse en las nubes; el sendero se volvía más estrecho a cada paso y el joven tuvo que sujetarse a las piedras que sobresalían para no precipitarse al vacío. Finalmente no pudo avanzar más, el sendero terminaba bajo una abertura, tuvo que detenerse sin saber si debía dar la vuelta o quedarse allí. De repente vio una luz que parecía moverse tras la vieja pared. Siguió el resplandor con la mirada y descubrió que podía ver una sala antigua y espaciosa que, adornada por todo tipo de piedras y cristales, resplandecía maravillosamente con los más variados destellos, los cuales se movían misteriosos entre sí partiendo de una luz cambiante que portaba una figura femenina, la cual, pensativa, recorría la estancia de arriba abajo. No parecía pertenecer al grupo de los mortales, tan grandes, tan poderosos eran sus miembros, tan severo su rostro, pero, no obstante, al fascinado joven le pareció que jamás había llegado a sospechar la existencia de una belleza tal. Se estremeció y en secreto deseó que se acercara a la ventana y se percatara de su presencia. Finalmente se detuvo, dejó la luz en una mesa de cristal, miró a lo alto y cantó con voz penetrante:

> Los ancianos, ¿dónde paran
> que no salen?
> Lloran los cristales,
> fuentes de lágrimas manan
> de columnas diamantinas,

dentro resuenan sonidos
en las claras, cristalinas,
invisibles olas lindas
se va formando ya el brillo
que atrae a todas las almas
y que el corazón abrasa.
¡Venid espíritus todos
a esta sala de oro,
alzad de la oscuridad profunda
las cabezas que relumbran!
¡Haced que corazones y mentes,
que con tanta sed anhelan
con sus relucientes lágrimas, tan bellas,
sean vuestros maestros para siempre!

Cuando hubo terminado, comenzó a desvestirse y a guardar sus ropas en un lujoso armario. Primero se quitó de la cabeza un velo dorado, y unos cabellos largos y negros le cayeron abundantes y ensortijados hasta las caderas; luego se soltó la tela que cubría su pecho y el joven se olvidó de sí mismo y del mundo mientras contemplaba aquella belleza sobrenatural. Apenas se atrevía a respirar a medida que ella iba quitándose todos sus velos; finalmente caminó desnuda de un lado a otro de la sala y sus pesados y ondulantes rizos formaban a su alrededor un oscuro mar de olas del que las resplandecientes formas de su blanco cuerpo relucían a intervalos como el mármol. Pasado un rato se acercó a otro armario dorado, sacó una tablilla que brillaba debido a las muchas piedras, rubíes, diamantes y a todas las joyas que tenía incrustadas, y las contempló durante un rato inquisitiva. La tablilla parecía formar con sus diferentes colores y líneas una figura maravillosa e incomprensible; a veces, cuando le daba el reflejo, el joven se quedaba dolorosamente deslumbrado; luego los juguetones reflejos verdes y azules aliviaban sus ojos, pero él seguía allí, devorando los objetos con su mirada y ensimismado a un tiempo. En su interior se había abierto un abismo de figuras y melodías, de anhelos y placeres, bandadas de tonos alados y melancólicas y alegres melodías surcaban su ánimo: conmovido hasta lo más hondo vio surgir en él un mundo de dolor y de esperanza, poderosas rocas encantadas de confianza y firme seguridad, grandes ríos fluyendo llenos de melancolía. No se reconocía y se asustó cuando aquella belleza abrió la ventana, le alcanzó la mágica tablilla de piedras y pronunció estas pocas palabras:

—¡Ten esto en recuerdo mío!

Cogió la tablilla y sintió como si la figura, invisible, entrara de inmediato en su interior, y la luz, la poderosa belleza y la extraña sala hubieran desaparecido. Dentro de sí se hizo una noche oscura con nubes que lo cubrían todo y buscó sus anteriores sentimientos, aquel entusiasmo y aquel amor incomprensibles, y contempló la preciosa tablilla en la que la luna, al ponerse, se reflejaba débil y azulada.

Aún sostenía la tablilla firmemente entre sus manos cuando se hizo de día y, agotado, mareado y medio dormido, descendió a toda velocidad por la empinada pendiente.

Los rayos del sol le dieron en el rostro al aturdido durmiente que, al despertarse, se encontró sobre una amena colina. Miró a su alrededor y divisó tras de sí, muy a lo lejos y apenas reconocibles en el extremo horizonte, las ruinas de la montaña de las runas: buscó la tablilla y no la encontró por ningún sitio. Asombrado y confuso trató de reponerse y de hilar sus recuerdos, pero su memoria parecía envuelta en una densa niebla en la que unas figuras sin forma se movían entre sí traviesas e irreconocibles. Toda su vida anterior quedaba atrás como en una profunda lejanía; lo extraño y lo habitual se confundían hasta tal extremo que le resultaba imposible discernirlo. Tras una larga disputa consigo mismo creyó por fin que esa noche había tenido un sueño o que le había asaltado una repentina locura; lo único que seguía sin comprender era cómo había podido extraviarse tanto en una región desconocida y lejana.

Aún medio dormido bajó la colina y fue a dar a un camino que lo condujo desde la montaña hasta el llano. Todo le resultaba desconocido; al principio pensó que iba a llegar a su tierra, pero vio una región completamente diferente y acabó por suponer que debía encontrarse al otro lado del límite sur de la sierra por donde, en primavera, había cruzado procedente del norte. Alrededor del mediodía se hallaba en lo alto de un pueblo de cuyas cabañas salía un pacífico humo, unos niños vestidos de fiesta jugaban en una verde plazoleta y desde la pequeña iglesia llegaba el sonido del órgano y de los cánticos de la comunidad. Todo ello le hizo sentir una dulce e indescriptible melancolía, todo le conmovió de forma tan entrañable que acabó por llorar. Los estrechos huertos, las pequeñas cabañas con sus humeantes chimeneas, los campos de trigo recién segados le recordaron las necesidades del pobre género humano, su dependencia de un suelo amable, en cuya bondad había de confiar; al mismo tiempo los cánticos y el sonido de la música llenaron su corazón de una devoción jamás sentida. Lo que había sentido y deseado por la noche le pareció abominable y perverso, deseaba unirse de nuevo a los hombres con humildad, sinceridad y modestia, como si fueran sus hermanos, y alejarse así de sentimientos y propósitos impíos. La llanura le parecía ahora cautivadora y atractiva con su riachuelo, que corría formando los más variados meandros por entre praderas y huertos; temeroso pensó en su estancia en las solitarias montañas y entre las agrestes rocas, anheló poder vivir en aquel pacífico pueblo y, con esos sentimientos, entró en la iglesia repleta de gente.

El cántico acababa de terminar y el pastor había comenzado su sermón acerca de los bienes que Dios otorgaba con la cosecha: de cómo su bondad alimentaba y satisfacía a todos, de cuán maravillosamente cuidaba del sostenimiento del género humano con el trigo, de cómo el amor de Dios se repartía sin cesar en el pan y de cómo el piadoso Cristo, conmovido, había podido celebrar una cena tan imperecedera. La comunidad se sentía edificada, las miradas del cazador descansaban sobre el deboto orador y, muy pegada al púlpito, descubrieron a una muchacha que parecía más atenta y más entregada que los demás a la devoción. Era delgada y rubia, sus ojos azules brillaban con penetrante dulzura, su rostro parecía transparente y brotaban de él los más delicados colores. Ni el joven forastero ni su corazón se habían sentido jamás así, tan llenos de amor y tan sosegados, tan entregados a los más plácidos y edificantes sentimientos. Se inclinó llorando cuando el sacerdote impartió la bendición, al oír las palabras sagradas se sintió como invadido por una fuerza invisible y las sombras de la noche se apartaron en la más profunda lejanía, como un fantasma. Salió de la iglesia, se detuvo un rato bajo un gran tilo y, con una fervorosa oración, dio gracias a Dios por haber vuelto a librarlo sin merecerlo de las redes de un espíritu malvado.

El pueblo celebraba ese día la fiesta de la cosecha y todo el mundo estaba alegre; los engalanados niños se alegraban con las danzas y los pasteles, los mozos preparaban todo lo necesario para la fiesta otoñal en la plaza del pueblo, que estaba rodeada de jóvenes árboles, los músicos estaban sentados probando sus instrumentos. Christian volvió de nuevo al campo para serenar sus ánimos y reflexionar sobre lo que había visto; luego regresó al pueblo cuando ya todos se habían reunido para celebrar la fiesta y compartir su alegría. También estaba presente la rubia Elisabeth con sus padres, y el desconocido se mezcló entre la alegre multitud. Elisabeth bailaba y él, mientras tanto, había entablado rápidamente una conversación con el padre, que era un arrendatario y uno de los hombres más ricos del pueblo. Parecieron gustarle la juventud y la conversación del desconocido huésped, de manera que en seguida acordaron que Christian entraría a su servicio como jardinero. Este creía poder llevar a cabo tal oficio, pues esperaba que los conocimientos y el trabajo anteriores que tanto había despreciado en su casa le vinieran bien.

Ahora comenzaba para él una nueva vida. Se trasladó a casa del arrendatario y le contaron como a uno más de su familia, y con su posición cambió asimismo de ropas. Era tan bueno, tan servicial y siempre tan amable, hacía su trabajo con tanto esmero que muy pronto todos los de la casa, pero sobre todo la hija, sintieron especial inclinación hacia él. Tan pronto como la veía ir a misa los domingos, él le tenía preparado un hermoso ramo de flores por el que ella le daba las gracias ruborizándose amablemente; la echaba de menos si no la veía algún día, y luego, por la noche, ella le contaba cuentos y divertidas historias. Era como si se necesitaran cada vez más, y los ancianos, que lo notaron, parecían no tener nada en contra, pues Christian era el mozo más trabajador y apuesto del pueblo; ellos mismos habían sentido hacia él desde el primer momento una inclinación de amor y amistad. Transcurrido medio año Elisabeth se convirtió en su esposa. Volvía a ser primavera, las golondrinas y los pájaros cantores regresaban al país, el jardín lucía sus mejores galas, la boda se celebró con gran alegría, el novio y la novia parecían embriagados de felicidad. Entrada la noche, cuando se fueron a su cuarto, el joven esposo le dijo a su amada:

—No, tú no eres aquella imagen que me sedujo en sueños en una ocasión y que jamás podré olvidar, pero soy muy feliz estando a tu lado y me siento dichoso en tus brazos.

Cuán complacida se vio la familia cuando, al cabo de un año, se vio aumentada con una hijita, a la que pusieron el nombre de Leonore. A veces Christian se tornaba algo taciturno mientras contemplaba a la criatura, pero, no obstante, siempre regresaba su juvenil alegría. Apenas pensaba en su forma de vida anterior, pues se sentía absolutamente adaptado y satisfecho. Sin embargo, transcurridos unos meses, le vinieron a la mente sus padres y cuánto se alegrarían, especialmente su padre, de su posición de jardinero y hombre de campo; le angustiaba haber podido olvidar por completo durante tanto tiempo a su padre y a su madre, su propia hija le recordó qué alegría suponen los hijos para sus progenitores y, por ello, decidió finalmente emprender el viaje y volver a visitar su tierra.

Dejó a su esposa a disgusto; todos le desearon suerte y, en la más bella estación del año, emprendió su camino a pie. Ya a las pocas horas sintió cómo le atormentaba la ausencia, por primera vez en su vida sintió los dolores de la separación; los objetos extraños casi le parecían feroces, sentía como si estuviera perdido en una soledad hostil. Entonces pensó que su juventud había pasado, que había encontrado un hogar al que pertenecía y en el que su corazón había echado raíces; a punto estaba de lamentar la perdida imprudencia de años anteriores y se sintió extremadamente triste al tener que entrar en la posada de un pueblo para pasar la noche. No comprendía por qué se había alejado de su amable esposa y de sus nuevos padres y, disgustado y de mala gana, se puso en camino a la mañana siguiente para continuar su viaje.

Su temor iba aumentando a medida que se acercaba a las montañas, ya se veían las lejanas ruinas y cada vez se destacaban más, muchas cimas sobresalían onduladas por entre la niebla azulada. Su paso se volvió indeciso; a menudo se detenía asombrándose de su miedo, de los escalofríos que le apremiaban más y más a cada paso que daba.

—¡Te conozco bien, locura —exclamó—, a ti y a tus peligrosas tentaciones, pero voy a resistirme como un hombre! Elisabeth no es un sueño absurdo; yo sé que ahora está pensando en mí, que me espera y que, amorosa, cuenta las horas de mi ausencia. ¿Acaso no estoy viendo ante mí los bosques como si fueran sus negros cabellos? ¿Es que sus relucientes ojos no me miran desde el arroyo? ¿Es que sus grandes brazos no avanzan hacia mí desde las montañas?

Diciendo esto fue a sentarse bajo un árbol para descansar, cuando a su sombra vio sentado a un anciano que contemplaba una flor con gran atención, poniéndola tan pronto al trasluz, como dándole sombra con su mano, contando sus hojas y esforzándose, sobre todo, en grabársela con todo detalle en la memoria. Al acercarse, la figura le pareció tan conocida que pronto no le quedó duda alguna de que el anciano de la flor era su padre. Se precipitó en sus brazos dando muestras de la mayor alegría; aquel estaba contento, pero no sorprendido de verlo tan de repente.

—¿Ya vienes a mi encuentro, hijo mío? —dijo el anciano—. Sabía que te encontraría pronto, pero no pensaba que hoy mismo tendría ya esta alegría.

—¿Cómo es que sabíais, padre, que me ibais a encontrar?

—Por esta flor —dijo el anciano jardinero—; toda mi vida he deseado poder verla al menos una vez, pero nunca lo había conseguido porque es muy rara y tan solo crece en las montañas: me puse en camino para buscarte porque tu madre ha muerto y en casa la soledad me resultaba demasiado angustiosa y triste. No sabía hacia dónde dirigir mis pasos, al final anduve vagando por la montaña por muy triste que me pareciera el viaje; de paso iba buscando la flor, pero no la veía por ninguna parte, y ahora la encuentro de forma totalmente inesperada, aquí donde comienza la hermosa llanura; por eso sabía que iba a encontrarte pronto, ¡y mira qué bien me lo ha anunciado esta adorada flor!

Volvieron a abrazarse y Christian lloró por su madre; pero el anciano le cogió la mano y dijo:

—Vayámonos y perdamos pronto de vista las sombras de la montaña, aún me duele el corazón con estas formas escarpadas y agrestes, con estos espantosos barrancos, con los sollozantes torrentes; vayamos hacia los llanos buenos y piadosos.

Regresaron y Christian volvió a sentirse feliz. Le habló a su padre de su nueva dicha, de su hija y de su hogar; su propia conversación lo embriagaba y, mientras hablaba, sintió en lo más profundo de su ser que no carecía de nada para su absoluta felicidad. Así, entre conversaciones tristes y alegres llegaron al pueblo. Todos se sintieron muy satisfechos de que el viaje hubiera finalizado tan pronto, en especial Elisabeth. El anciano padre se mudó con ellos y sumó su pequeño patrimonio a su hogar; formaban un círculo familiar de lo más feliz y armonioso. Los campos daban frutos, el ganado aumentaba, la casa de Christian se convirtió en pocos años en una de las más considerables del lugar; también pronto se vio convertido en el padre de varios niños.

Cinco años habían transcurrido de esta manera cuando un forastero pasó en su viaje por el pueblo y se alojó en la casa de Christian, al ser esta la más notable del pueblo. Era un hombre amigable y conversador, que contaba muchas cosas de sus viajes, que jugaba con los niños y les hacía regalos y por el que, en poco tiempo, todos sintieron un gran afecto. Le gustó tanto aquella comarca que pensó en quedarse allí unos días; pero los días se convirtieron en semanas y finalmente en meses. Nadie se asombraba de la demora, porque todos se habían acostumbrado ya a contarlo como uno más de la familia. Tan solo Christian se sentaba a menudo pensativo, pues le parecía como si conociera al viajero ya de antes y, sin embargo, no podía acordarse de ocasión alguna en la que pudiera haberlo visto. Finalmente, pasados tres meses, el desconocido se despidió diciendo:

—Queridos amigos, un destino maravilloso y unas extrañas esperanzas me empujan hacia la cercana sierra, me seduce una mágica imagen a la que no me puedo resistir; os dejo ahora y no sé si volveré a veros alguna vez; llevo conmigo una suma de dinero que en vuestras manos estará más segura que en las mías y por eso os ruego que lo guardéis; si no he regresado al cabo de un año, quedáosla y consideradla como una muestra de agradecimiento por la amistad que me habéis demostrado.

Diciendo esto el forastero emprendió su camino y Christian puso el dinero a buen recaudo. Lo guardó cuidadosamente bajo llave y, de vez en cuando, por exagerada cautela, lo revisaba y lo contaba para que no faltara nada, y se preocupaba en exceso por ello.

—Esta suma podría hacernos muy felices —le dijo en una ocasión a su padre—, si el forastero no regresara, nosotros y nuestros hijos tendríamos la vida resuelta.

—Deja el oro —dijo el anciano—, ahí dentro no está la felicidad. Hasta ahora, ¡Dios sea loado!, no nos ha faltado de nada, y, sobre todo, quítate de la cabeza esos pensamientos.

A menudo Christian se levantaba en medio de la noche para despertar a los criados para el trabajo y vigilarlo todo en persona; su padre estaba preocupado porque su exagerado celo no acabara por dañar su juventud y su salud; de ahí que una noche se levantara para advertirle de que tenía que limitar sus excesivas tareas, cuando, para su asombro, lo halló sentado a la mesa, junto a una pequeña lámpara, contando de nuevo las piezas de oro con el máximo ahínco.

—Hijo mío —dijo el anciano con gran dolor—, ¿qué va a ser de ti? ¿Acaso este maldito metal ha ido a caer bajo este techo tan solo para nuestra desgracia? Recapacita, hijo mío, de este modo ese malvado enemigo te consumirá la sangre y la vida.

—¡Sí —dijo Christian—, ni yo mismo ya me entiendo, ni de día ni de noche me deja en paz, mirad cómo vuelve a mirarme ahora y su rojo resplandor penetra en lo más profundo de mi corazón! ¡Oíd cómo suena la sangre dorada! Me llama cuando estoy durmiendo, la oigo cuando suena la música, cuando sopla el viento, cuando la gente habla en la calle; si brilla el sol, yo solo veo esos ojos amarillos que me hacen deslumbrantes señas y que quieren decirme en secreto palabras de amor al oído; así que tengo que levantarme en plena noche tan solo para satisfacer sus amorosos afectos y entonces lo siento gritar de júbilo y alegría en mi interior, y cuando lo rozo con mis dedos, se torna cada vez más rojo y adorable de alegría: ¡mirad vos mismo su seductora llama!

Temblando y llorando, el anciano cogió al hijo entre sus brazos, rezó y luego dijo:

—Christian, tienes que encomendarte a la palabra de Dios, tienes que ir con más frecuencia y devoción a la iglesia, de lo contrario te perderás y te consumirás en la más triste de las desgracias.

Volvieron a guardar el dinero; Christian prometió cambiar y entrar en razón, y el anciano se tranquilizó. Había transcurrido ya más de un año y no había vuelto a saberse nada del forastero; el anciano cedió entonces finalmente a los ruegos de su hijo e invirtieron el dinero que había dejado en tierras y en otras cosas. En el pueblo empezó a hablarse pronto de la riqueza del joven arrendatario, y Christian parecía extraordinariamente satisfecho y complacido, de manera que el padre se alegró de verlo tan bien y tan contento: habían desaparecido todos los temores de su alma. Por eso cuánto no hubo de extrañarse cuando una noche Elisabeth se lo llevó aparte y, entre lágrimas, le contó que ya no comprendía a su marido, que decía muchas cosas sin sentido, sobre todo por la noche, que tenía pesadillas, andaba sonámbulo por la habitación durante mucho rato sin darse cuenta de ello, y contaba cosas muy extrañas de las cuales ella a menudo se espantaba. Lo más terrible para ella era lo sumamente jovial que se sentía durante el día, pues su risa era brutal y descarada y su mirada demencial y extraña. El padre se asustó y la entristecida esposa continuó diciendo:

—No deja de hablar del forastero y afirma que ya lo conocía de antes, porque en realidad ese desconocido es una hermosísima mujer. Tampoco quiere ya salir a trabajar al campo ni al jardín, pues dice que oye un terrible gemido subterráneo en cuanto arranca una raíz; se estremece y parece asustarse de todas las plantas y las hierbas como si fueran fantasmas.

—¡Dios todopoderoso! —exclamó el padre—. ¿Es que esa hambre espantosa ha crecido tanto en él que ha podido llegar a esto? Su corazón hechizado ya no es humano, sino de frío metal; quien no ama una flor ha perdido todo el amor y el temor a Dios.

Al día siguiente el padre fue a pasear con el hijo y le refirió algunas de las cosas que le había contado Elisabeth; le exhortó a que fuera devoto y a que dedicara su mente a pensamientos más sagrados. Christian dijo:

—Con mucho gusto, padre; a menudo yo también me siento muy bien y todo me sale a pedir de boca; incluso puedo olvidarme por mucho tiempo, por años, de la verdadera imagen de mi ser interior y, al mismo tiempo, llevar con facilidad una vida diferente; pero entonces, de repente, como la luna nueva, esa estrella que rige mi destino, y que soy yo mismo, sale en mi corazón y vence a ese poder extraño. Podría estar muy alegre, pero una vez, en una noche muy extraña, una mano imprimió en lo más profundo de mi ser un misterioso signo; a menudo esta mágica figura duerme y reposa, pienso que ha desaparecido, pero luego vuelve a resurgir de repente como un veneno y se mueve en todas direcciones. Entonces lo único que puedo hacer es pensar en ella y sentirla, y todo a mi alrededor se transforma o, mejor dicho, esa figura lo devora. Igual que el demente se espanta ante la vista del agua y el veneno recibido se torna aún más venenoso en él, así me sucede a mí con todas las figuras angulares, con cada línea, con cada rayo, todo quiere entonces liberarse de su figura inherente y hacer que nazca, y mi mente y mi cuerpo sienten miedo; así como se apoderó de mi ánimo como un sentimiento externo, del mismo modo, sufriendo y luchando, este trata de expulsarlo y de convertirlo otra vez en ese mismo sentimiento, para librarse de él y tranquilizarse.

—Fue una estrella fatal —dijo el anciano— la que te alejó de nosotros. Tú habías nacido para una vida tranquila, tu mente se inclinaba al sosiego y a las plantas, entonces la impaciencia te llevó lejos de allí en compañía de las agrestes peñas: las rosas, los escarpados riscos con sus toscas figuras han desquiciado tu ánimo y sembrado en ti un hambre devastadora de metal. Deberías haberte cuidado siempre de la visión de las montañas, y así pensaba yo también educarte, pero no ha podido ser. Tu humildad, tu sosiego, tu espíritu infantil, han quedado sepultados por la obstinación, la falta de docilidad y la arrogancia.

—No —dijo el hijo—, recuerdo muy bien que fue una planta la primera que me dio a conocer las desdichas de toda la tierra, y desde entonces entiendo los gemidos y lamentos que son audibles en toda la naturaleza si uno los quiere escuchar; en las plantas, las hierbas, las flores y los árboles se agita y se mueve dolorosamente una gran herida, son los cadáveres de antiguos y magníficos mundos de piedra que ofrecen a nuestros ojos la más terrible devastación. Ahora comprendo bien que fue eso lo que aquella raíz quiso decirme con su profundo gemido, se olvidó de sí misma en su dolor y me lo reveló todo. Por eso todas las plantas están tan furiosas y tratan de acabar conmigo, quieren borrar de mi corazón esa adorada figura y, cada primavera, tratan de conquistar mi alma con sus desfigurados gestos fúnebres. De una forma indigna y astuta es como te han embaucado, anciano, pues se han apropiado por completo de tu alma. No tienes más que preguntar a las piedras, te asombrarás al oírlas hablar.

El padre lo miró largo rato y no fue capaz de responder nada. En silencio regresaron a casa y el anciano no pudo por menos de horrorizarse también entonces ante la alegría de su hijo, pues le resultaba muy extraña y como si otro ser actuara desde su interior, como desde una máquina, ingenua y torpemente.

Iba a celebrarse de nuevo la fiesta de la cosecha, la comunidad fue a la iglesia y del mismo modo Elisabeth se preparó junto con los niños para asistir a la misma; también su marido estaba preparándolo todo para acompañarlos, pero en la puerta de la iglesia se volvió y salió del pueblo ensimismado. Se sentó sobre la loma, y contempló una vez más a sus pies los humeantes tejados, escuchó los cánticos y el sonido del órgano provenientes de la iglesia, unos niños vestidos de fiesta jugaban sobre la verde hierba.

—¡Cómo he perdido mi vida en un sueño! —se dijo a sí mismo—. Han pasado muchos años desde que bajé de aquí y me mezclé entre los niños; los que antaño estaban jugando están hoy todos serios en la iglesia; yo también entré en ella, pero hoy Elisabeth ya no es una inocente muchacha en flor, su juventud ha pasado, ya no puedo buscar la mirada de sus ojos con el mismo anhelo de entonces. Así, voluntariamente, he dejado de prestar atención a una dicha suprema y eterna para conseguir tan solo una perecedera y efímera.

Anhelante se dirigió al vecino bosque y penetró en sus espesas sombras. Un silencio escalofriante lo rodeaba, el aire no movía una sola hoja. Entretanto vio venir a lo lejos a un hombre, en el que reconoció al desconocido; se asustó y su primer pensamiento fue que este le exigiría que le devolviera su dinero. Cuando la figura se hubo aproximado un poco más, vio cuán grande había sido su error, pues los perfiles que había creído percibir se quebraron como en sí mismos. Una vieja de extremada fealdad se dirigió hacia él: iba vestida con sucios harapos, un pañuelo roto le sujetaba algunos cabellos canosos y cojeaba apoyándose en un bastón. Con una voz espantosa se dirigió a Christian y le preguntó por su nombre y oficio; este respondió con detalle y dijo después:

—Y tú, ¿quién eres?

—Me llaman la mujer del bosque —dijo ella—, y cualquier niño me conoce, ¿es que nunca has oído hablar de mí?

Diciendo estas últimas palabras se volvió y Christian creyó reconocer entre los árboles el velo dorado, el paso esbelto, la poderosa constitución de los miembros. Trató de seguirla a toda prisa, pero sus ojos ya no la encontraron.

En ese momento algo brillante atrajo sus miradas hacia la verde hierba. Lo levantó y vio de nuevo la tablilla mágica que había perdido hacía años con las preciosas piedras de colores y con el extraño símbolo. La figura y las luces de colores penetraron en todos sus sentidos con una fuerza repentina. La agarró con mucho vigor, para convencerse de que volvía a sostenerla entre sus manos, y se apresuró con ella de vuelta al pueblo. El padre le salió al paso.

—Mirad —le dijo al verlo—, esto de lo que tanto os he hablado, esto que yo solo creía ver en sueños, es ahora de verdad mío, con toda seguridad.

El anciano contempló la tablilla durante un buen rato y dijo:

—Hijo mío, siento escalofríos en mi corazón al contemplar los alineamientos de estas piedras y adivinar el sentido de estas palabras; mira cuán frías brillan, qué crueles miradas se desprenden de ellas, sedientas de sangre como el ojo rojo del tigre. Tira este escrito que te vuelve frío y cruel, que acabará por convertir tu corazón en piedra:

Mira cómo prenden los brotes tiernos,
cómo de sí mismos se avivan,
y cual niños entre sueños
te envían su adorable sonrisa.

Sus colores en los juegos
vueltos están hacia el sol,
sentir su cálido beso
es su máximo candor.

En sus besos perecer,
diluirse en amor y anhelo,

los que ahora se reían se ven
marchitados ya en humilde silencio.

Su máxima dicha es
en el amado fundirse,
en la muerte transvestirse,
en dulce dolor perecer.

Luego emanan sus aromas,
sus espíritus, con encanto,
los aires se embriagan
en balsámico descanso.

Amor llega al corazón de los hombres,
las doradas cuerdas pone en movimiento
y el alma dice: «Yo siento
que lo más hermoso es lo que pretendo,
melancolía, anhelo y del amor los dolores».

—Tesoros maravillosos, inconmensurables —respondió el hijo—, debe de haber aún en las profundidades de la tierra. ¡Quién pudiera encontrarlos, sacarlos y quedárselos para sí! ¡Quién fuera capaz de estrechar contra su pecho a la tierra, igual que a la novia amada, y que con miedo y amor gustara de concederle sus riquezas! La mujer del bosque me ha llamado, voy en su busca. Aquí al lado hay una vieja mina derruida, excavada ya hace siglos por un minero, ¡tal vez la encuentre allí!

Se marchó corriendo. En vano se esforzó el anciano por retenerle, él había desaparecido ya de su vista. Pasadas unas horas, tras muchos esfuerzos, el padre logró llegar hasta la vieja mina; vio las pisadas grabadas en la arena, junto a la entrada, y dio la vuelta llorando, convencido de que su hijo se había vuelto loco y se había hundido en las profundidades y en las aguas acumuladas allí desde hacía tiempo.

Desde entonces no dejó de estar triste y apenado. Todo el pueblo lloró la muerte del joven arrendatario, Elisabeth no hallaba consuelo, los niños lloraban a gritos. Transcurrido medio año falleció el anciano padre; los padres de Elisabeth le siguieron pronto y ella tuvo que administrar sola la gran propiedad. Los asuntos acumulados la distanciaron un poco de su aflicción, la educación de los hijos, la administración de los bienes no le dejaron tiempo para las preocupaciones y las penas. De ese modo, al cabo de dos años, se decidió a volver a contraer matrimonio y le dio su mano a un joven alegre que la había amado desde que era un niño. Pero muy pronto todo cambió en la casa. El ganado se moría, los criados y las criadas se volvieron desleales, el fuego devoró los graneros llenos de frutas, la gente de la ciudad que les debía algunas sumas de dinero desapareció con ellas. El dueño se vio pronto obligado a vender algunos campos y prados; pero una mala cosecha y un año en el que todo se encareció volvieron a ponerle en apuros. No parecía sino que el dinero, adquirido de una forma tan extraña, buscara una rápida huida allá por donde pudiese. Entretanto los hijos aumentaron, y tanto Elisabeth como su marido, en su desesperación, se volvieron descuidados y negligentes; él trataba de distraerse y bebía a menudo un vino recio que le volvía colérico y malhumorado, de manera que con frecuencia Elisabeth lloraba su desgracia con ardientes lágrimas. Del mismo modo que la suerte se alejaba de ellos, también los amigos del pueblo se retiraban, de manera que, al cabo de unos años, se vieron completamente abandonados, logrando malvivir con gran esfuerzo de una semana a la otra.

Tan solo les habían quedado unas pocas ovejas y una vaca que la propia Elisabeth cuidaba a menudo junto con los niños. Así estaba un día sentada, trabajando en el prado, con Leonore a su lado y amamantando a un niño en su pecho, cuando vio venir a lo lejos una extraña figura. Era un hombre con una chaqueta completamente destrozada, descalzo, el rostro ennegrecido, quemado por el sol, desfigurado aún más por una barba larga y estropajosa; llevaba la cabeza descubierta, pero se había trenzado entre sus cabellos una corona de hojas verdes que hacía su asilvestrado aspecto aún más extraño e inconcebible. A la espalda llevaba una gran carga en un saco firmemente cerrado, al caminar se apoyaba en la vara de un joven abeto.

Al aproximarse dejó su carga en el suelo y le costó tomar aliento. Le dio los buenos días a la mujer que se horrorizó al verlo, la niña se pegó a su madre. Cuando hubo descansado un poco, dijo:

—Ya he vuelto de hacer un difícil camino por entre las montañas más escabrosas de la tierra, pero por fin he traído conmigo los tesoros más preciados, que ni la imaginación puede siquiera pensar ni el corazón desear. ¡Mirad aquí y asombraos!

Tras esto abrió el saco y lo vació; estaba lleno de guijarros, entre los que había grandes pedazos de cuarzo junto a otras piedras.

—Lo que ocurre es que estas joyas no están aún pulidas ni talladas, por eso les falta vistosidad y apariencia; el fuego externo con todo su brillo está aún demasiado enterrado en el interior de su corazón, pero tan solo hay que sacárselo para que no teman que su disfraz ya no les sirve de nada, así se podrá ver cuál es su verdadero espíritu.

Diciendo esto agarró una dura piedra y la golpeó con fuerza contra otra, de forma que saltaron unas chispas rojas.

—¿Habéis visto el resplandor? —exclamó—. Son todo fuego y luz, iluminan la oscuridad con su sonrisa, pero todavía no lo hacen voluntariamente.

Tras esto volvió a meterlo todo con sumo cuidado en el saco, que ató firmemente.

—Te conozco muy bien —dijo luego con melancolía—, eres Elisabeth.

La mujer se asustó.

—¿Cómo es que conoces mi nombre? —preguntó ella temblando por un presentimiento.

—¡Ay, Dios mío! —dijo el infeliz—. Soy Christian, que en una ocasión llegó aquí cuando era cazador, ¿es que no me reconoces?

Ella no sabía qué decir, asustada y profundamente conmovida como estaba. Él se echó a su cuello y la besó. Elisabeth exclamó:

—¡Oh, Dios mío! ¡Viene mi marido!

—Tranquila —dijo él—, para ti es como si hubiera muerto; allá en el bosque me espera ya mi hermosa amada, la poderosa, adornada con sus velos dorados. Esta es mi querida hija, Leonore. Ven aquí, mi querido, mi amado corazón, y dame también un beso, un único beso, para que vuelva a sentir tu boca en mis labios, luego me marcharé.

Leonore lloraba. Se apretó contra su madre, que, entre sollozos y lágrimas, la empujaba a medias hacia el caminante; también a medias la arrastró este hacia sí, la cogió en sus brazos y la estrechó contra su pecho. Luego continuó su camino en silencio y, a lo lejos, lo vieron hablar con la terrible mujer del bosque.

—¿Qué os pasa? —preguntó el marido al encontrar a la madre y a la hija pálidas y llorando. Ninguna quiso responderle.

Pero desde entonces jamás volvieron a ver a aquel infeliz.

Los elfos

—¿Dónde está nuestra hijita Marie? —preguntó el padre.

—Está afuera, jugando en el verde prado —contestó la madre— con el hijo de nuestro vecino.

—No vayan a perderse —dijo el padre preocupado—, son tan descuidados.

La madre buscó a los niños con la mirada y les llevó la merienda.

—¡Está caliente! —dijo el muchacho mientras la pequeña, codiciosa, echaba mano a las rojas cerezas.

—Tened cuidado, niños —dijo la madre—, no os alejéis demasiado de casa ni os adentréis en el bosque, padre y yo vamos a ir al campo.

El joven Andres respondió:

—¡Oh, no se preocupe! El bosque nos da mucho miedo; nos quedaremos aquí sentados, donde hay gente cerca.

La madre se marchó y pronto volvió a salir con el padre. Cerraron la casa y se dirigieron al campo para ver cómo andaban los criados, y al mismo tiempo los prados, tras la cosecha del heno. La casa estaba situada sobre una loma verde y pequeña, bordeada por una bonita empalizada que rodeaba también el huerto y el jardín; el pueblo se extendía algo más abajo y al otro lado se elevaba el palacio ducal. Martin había arrendado a su señoría esa gran propiedad y vivía dichoso con su esposa y su única hija, pues iba ahorrando año tras año y tenía perspectivas de convertirse en un hombre pudiente, puesto que la tierra era fértil y el conde no le hostigaba.

Mientras se dirigía a los campos con su mujer miró contento a su alrededor y dijo:

—Brigitte, qué diferente es esta región de la otra en la que vivíamos. Aquí todo es tan verde, todo el pueblo hace gala de sus árboles frutales, unos al lado de otros, la tierra está llena de hermosas hierbas y flores, todas las casas están alegres y limpias, sus habitantes son ricos, hasta me parece que los bosques son aquí más hermosos y el cielo más azul, y hasta donde alcanza la vista se ve su gozo y su alegría en lo generoso de la naturaleza.

—En cuanto se está allí, al otro lado del río —dijo Brigitte—, se encuentra uno como en otra tierra, todo tan triste y tan seco, incluso todos los viajeros afirman que nuestro pueblo es el más bonito de todos los alrededores.

—A excepción de aquel valle de abetos —repuso el marido—; mira hacia allá, qué negro y qué triste se ve ese apartado lugar en medio de este alegre entorno: detrás de los oscuros abetos la humeante cabaña, los establos desvencijados, el melancólico arroyo que pasa por allí delante.

—Es cierto —dijo la mujer mientras ambos se paraban—, en cuanto se acerca uno a ese lugar, se siente triste y temeroso, sin saber siquiera por qué. ¿Quiénes serán las gentes que viven allí y por qué se mantendrán tan apartados de todos en la comunidad, como si no tuvieran la conciencia tranquila?

—Pobre gente —respondió el joven arrendatario—, por lo que parece son gitanos, que roban y hacen de las suyas lejos de aquí, y tal vez tienen su escondite en este lugar. Lo único que me asombra es que el bondadoso señor los tolere.

—Puede que también sean gente pobre —dijo la mujer, compasiva—, que se avergüenza de su pobreza, pues no se les puede culpar de nada malo. Lo único que da que pensar es que no vayan a la iglesia y, en realidad, tampoco se sabe de qué viven, pues el huertecillo, que además parece estar completamente abandonado, no puede alimentarlos de ninguna manera, y tampoco tienen campos.

—Dios sabrá —continuó diciendo Martin al tiempo que reanudaban el camino— a qué se dedican, porque nadie se acerca a ellos, ya que el lugar en el que viven está como hechizado y embrujado, de manera que ni los chicos más traviesos se atreven a acercarse.

Continuaron esta conversación mientras se encaminaban hacia el campo. Aquella oscura región de la que hablaban estaba fuera del pueblo. En una hondonada rodeada de abetos se veían una cabaña y diversas construcciones de una granja, prácticamente destruidas; rara vez se veía salir humo, y más rara vez se veía a alguna persona. En una ocasión unos curiosos que se habían atrevido a aproximarse un poco más de lo habitual habían visto en el banco de delante de la cabaña a unas mujeres repugnantes, vestidas con harapos, en cuyo seno se mecían unos niños igual de feos y sucios. Unos perros negros corrían por allí, y al caer la noche un hombre horrible, al que nadie conocía, cruzó el puentecillo del arroyo y se perdió en el interior de la cabaña; luego, en la oscuridad, vieron diversas figuras que se movían como sombras en torno a una hoguera. En realidad, el valle, los abetos y la desvencijada cabaña daban una impresión muy extraña frente a las blancas casas del pueblo y al nuevo y reluciente palacio.

Los dos niños se habían comido ya las frutas; se les antojó echar una carrera y la pequeña y ágil Marie siempre le sacaba ventaja a Andres, que era más lento.

—¡Eso no tiene ninguna gracia! —exclamó este por fin—. ¡Vamos a probar hasta más lejos, entonces veremos quién gana!

—Como quieras —dijo la pequeña—, pero no podemos correr en dirección al río.

—No —respondió Andres—, pero allí, en aquella colina, está el gran peral, a un cuarto de hora de aquí. Yo correré por la izquierda, bordeando el valle de los abetos; tú puedes correr por el campo por la derecha, de manera que no volvamos a juntarnos hasta estar arriba... entonces veremos quién es el mejor.

—Está bien —dijo Marie empezando ya a correr—, así no nos estorbaremos por el mismo camino y mi padre dice que hay la misma distancia hasta la colina si se va por este lado o por el lado de la casa de los gitanos.

Andres ya se había adelantado y Marie, que se volvió hacia la derecha, ya no lo veía.

—De verdad que es tonto —se dijo a sí misma—, pues solo tendría que tener valor para cruzar el puente, pasar por la cabaña y atravesar el caserío hasta el otro lado y seguro que llegaría mucho antes que él.

Estaba ya delante del arroyo y de la colina de los abetos.

—¿Lo cruzo? No, es demasiado terrible —dijo.

Un perrito blanco se hallaba al otro lado ladrando con todas sus fuerzas. Asustada como estaba, el animal le pareció un monstruo y retrocedió de un salto.

—¡Ay! —dijo—. Ahora el muy pícaro estará ya muy lejos, porque yo sigo aquí de pie, pensándomelo.

El perrito continuaba ladrando y, como lo observara con mayor detenimiento, ya no le pareció tan terrible, sino, al contrario, muy gracioso: llevaba un collar rojo con un reluciente cascabel y, en cuanto levantaba la cabeza y se meneaba al ladrar, el cascabel resonaba que era un primor.

—¡Venga! ¡Solo necesito un poco de valor! —exclamó la pequeña Marie—. ¡Corro todo lo que pueda y rápido, rápido, vuelvo a salir al otro lado, la tierra no me tragará!

Diciendo esto, la resuelta e intrépida niña saltó al puentecillo, pasó a toda velocidad por delante del perro, que se calló al juguetear con ella, y, de repente, ya estaba en el valle. A su alrededor los negros abetos le impedían la visión de la casa paterna y del resto del paisaje.

¡Pero cómo se sorprendió! Se vio rodeada del más colorido y ameno jardín de flores, en el que tulipanes, rosas y lirios brillaban con los más adorables colores, mariposas azules y púrpuras se mecían en los pétalos; en jaulas de relucientes alambres colgaban de las espalderas aves de muchos colores que cantaban preciosas canciones, y unos niños con unos cortos vestiditos blancos, de pelo rubio y rizado y de ojos claros daban saltos alrededor; algunos jugaban con pequeños corderos, otros daban de comer a los pájaros o recogían flores que se regalaban mutuamente, otros, a su vez, comían cerezas, uvas y rojizos albaricoques. No había una sola cabaña a la vista, pero sí una casa grande y hermosa, con una puerta de hierro y espléndidas tallas que relucía en medio de aquel espacio. Marie estaba fuera de sí de asombro y no era capaz de orientarse; pero como no era tonta se dirigió al instante al primero de los niños, le tendió la mano y le dio los buenos días.

—¿Vienes a visitarnos? —dijo la deslumbrante niña—. Te he visto correr y saltar allá afuera, pero tenías miedo de nuestro perrito.

—¿Así que no sois ni gitanos ni malas gentes —dijo Marie— como dice siempre Andres? Bueno, claro que él es bobo y dice muchas tonterías.

—Quédate con nosotros —dijo la maravillosa niña—, te gustará.

—Pero estamos echando una carrera.

—Llegarás con tiempo de sobra. ¡Toma y come!

Marie comió y la fruta le pareció más dulce que ninguna que hubiera probado antes, y con ella Andres, la carrera y la prohibición de sus padres se le olvidaron por completo.

Una mujer alta, de resplandeciente vestido, se acercó y preguntó por la desconocida niña.

—Hermosa dama —dijo Marie—, he llegado corriendo hasta aquí por casualidad y ella quiere que me quede.

—Tú sabes, Zerina —dijo la hermosa mujer—, que a ella no le está permitido estar mucho tiempo, tendrías que haberme preguntado primero.

—Pensé —dijo la deslumbrante niña— que si la habían dejado ya cruzar el puente, podría hacerlo; nosotros también la hemos visto a menudo correr por el campo y tú misma te has regocijado con su carácter alegre... y tendrá que abandonarnos bien pronto.

—No, quiero quedarme aquí —dijo la extraña—, porque todo esto es muy bonito, además aquí encontraré también los mejores juegos, y también fresas y cerezas; ahí fuera no todo es tan adorable.

La mujer vestida de color dorado se alejó sonriente y muchos de los niños, con sus risas, empezaron a saltar entonces en torno a la alegre Marie, gastándole bromas y animándola a bailar; otros le trajeron corderos o maravillosos juguetes, otros tocaban música en sus instrumentos y cantaban a un tiempo. Pero ella prefirió quedarse con la compañera de juegos que le había salido al paso en primer lugar, pues era la más amable y la más dulce de todos. La pequeña Marie no dejaba de exclamar:

—Quiero quedarme siempre con vosotros, y vosotras tenéis que ser mis hermanas

—a lo cual todos los niños se rieron y la abrazaron.

—Vamos a jugar ahora a un juego muy bonito —dijo Zerina.

Corrió hasta el palacio y regresó con unas cajitas doradas en las que había un reluciente polen. Introdujo sus pequeños dedos y esparció algunos granos sobre el verde suelo. Al instante vieron que la hierba crujía como formando unas olas y, a los pocos minutos, unos resplandecientes rosales surgieron de la tierra, crecieron a toda velocidad y se desarrollaron de repente, llenando el aire con el más dulce aroma. También Marie cogió un poco de polen y, tras esparcirlo, surgieron unos lirios blancos y unos claveles de muchos colores. A una seña de Zerina las flores volvieron a desaparecer, y otras diferentes surgieron en su lugar.

—Ahora —dijo Zerina— prepárate para algo de mayores dimensiones.

Colocó dos piñones en el suelo y los pisoteó bien con el pie. Dos arbustos verdes surgieron a sus pies.

—Agárrate bien a mí —dijo, y Marie rodeó con sus brazos el delicado cuerpo.

Entonces sintió que la levantaban, pues los árboles crecían a sus pies con gran rapidez; los altos pinos se movían y ambas niñas se mantuvieron abrazadas, dándose besos, mientras flotaban de vez en cuando entre las rojas nubes del ocaso; los otros pequeños se subían y bajaban de las ramas de los árboles con suma agilidad y, al encontrarse, se empujaban y se gastaban bromas entre grandes carcajadas. Si uno de los niños se soltaba en medio del tumulto, volaba por los aires y caía despacio y seguro a tierra. Al final Marie tuvo miedo; la otra pequeña cantó algunas canciones en alto y los árboles volvieron a descender y las posaron en el suelo con el mismo cuidado con el que antes las habían levantado por los aires.

Atravesaron la puerta de hierro del palacio. Allí muchas mujeres hermosas, ancianas y jóvenes, estaban sentadas alrededor de una sala redonda y se deleitaban con las más adorables frutas al son de una música invisible. En la bóveda del techo había pintadas palmeras, flores y follaje, por entre los cuales subían y se columpiaban unas figuras infantiles en las más graciosas posiciones; con los tonos de la música, las imágenes se transformaban y resplandecían en los más ardientes colores; al momento, el verde y el azul brillaban como una luz clara, pero luego, debilitándose, el color volvía a desaparecer, el púrpura ardía y el oro se encendía; parecía entonces como si los desnudos niños vivieran en los laberintos de flores y cogieran y soltaran aire con sus labios rojos como un rubí, de tal forma que, alternando, podían verse el brillo de los blancos dientecillos y el relucir de los ojos azul celeste.

Desde la sala unos escalones de hierro conducían a una gran estancia subterránea. Había allí mucho oro y plata, y entremedias brillaban piedras preciosas de todos los colores. Por todas las paredes había unos recipientes maravillosos, todos parecían llenos de preciosidades. El oro estaba trabajado de las formas más variadas y refulgía en un tono rojo muy agradable. Muchos enanitos estaban ocupados seleccionando las piezas y poniéndolas en los recipientes; otros, jorobados y zambos, de largas y rojas narices, acarreaban hasta allí dentro unos sacos, con gran dificultad e inclinados hacia delante, igual que los molineros el trigo, y, jadeantes, vaciaban los granos de oro en el suelo. Luego saltaban a derecha e izquierda con muy poca habilidad y agarraban las bolas que, rodando, querían escaparse, y no pocas veces ocurría que, en su celo, uno golpeaba a otro de manera que caían a tierra torpemente, con todo su peso. Ponían caras de disgusto y la miraban de reojo cada vez que Marie se reía de sus gestos y de su fealdad. Detrás estaba sentado un anciano bajito y encorvado, al que Zerina saludó respetuosa y que le dio las gracias con una seria inclinación de cabeza. Sostenía un cetro en la mano y llevaba una corona en la cabeza; el resto de los enanos parecía reconocerlo como su señor y obedecer sus indicaciones.

—¿Qué pasa ahora? —preguntó malhumorado cuando los niños se le acercaron.

Marie guardó silencio temerosa, pero su compañera de juegos respondió que únicamente habían ido a echar un vistazo a las salas.

—¡Siempre las mismas niñerías! —dijo el anciano—. ¿Es que nunca se va a acabar eso del ocio?

Tras decir esto se volvió a sus ocupaciones, pesando y seleccionando las piezas de oro; a otros enanos les ordenó que se fueran y a algunos los regañó airado.

—¿Quién es ese señor? —preguntó Marie.

—Nuestro príncipe del metal —dijo la pequeña mientras continuaban andando.

Parecían estar nuevamente al aire libre, pues se encontraban junto a un gran estanque; sin embargo, el sol no brillaba y no veían el cielo sobre sus cabezas. Los recibió una pequeña barca y Zerina remó con ahínco. La travesía iba muy rápida. Cuando llegaron al centro del estanque, Marie vio que miles de carrizos, canales y arroyos se extendían desde el pequeño lago en todas direcciones.

—Estas aguas de la derecha —dijo la reluciente niña— descienden por vuestros jardines, por esto todo está en flor y tan fresco. Desde aquí se baja al gran río.

De repente aparecieron nadando un sinfín de niños procedentes de todos los canales y del lago; muchos llevaban coronas de cañas y lirios, otros sostenían rojos dientes de coral, y otros, a su vez, soplaban retorcidas caracolas.

Procedente de las oscuras orillas llegaba un barullo confuso y divertido; entre los pequeños se movían nadando las más hermosas mujeres, y, a menudo, muchos niños saltaban a la una o a la otra y se colgaban de ellas besándoles el cuello y la nuca. Todos saludaron a la desconocida; entre aquel barullo salieron del lago para llegar a un pequeño río que se volvía cada vez más estrecho. Finalmente la barca se detuvo. Se despidieron y Zerina dio unos golpecitos en la roca. Esta se abrió como una puerta y una figura de mujer, completamente roja, les ayudó a bajar.

—¿Se están divirtiendo? —preguntó Zerina.

—Ahora mismo están en activo —respondió aquella—, y tan alegres como los ves, pero el calor resulta también extremadamente agradable.

Subieron por una escalera de caracol y, de repente, Marie se vio en una sala tan resplandeciente que sus ojos se deslumbraron ante la claridad de la luz. Unos tapices de intenso color rojo cubrían las paredes con su fuego púrpura y, una vez que el ojo se hubo acostumbrado un poco, vio, para su asombro, cómo se movían bailando de arriba abajo con la mayor alegría unas figuras de tan grácil constitución y de tan hermosas proporciones que no podía verse nada más agradable. Su cuerpo era como de rojizo cristal, de forma que parecía como si la sangre viva fluyera y jugara en ellas visiblemente. Sonrieron a la desconocida niña y la saludaron con diversas reverencias; pero cuando Marie trató de acercarse, Zerina, de repente, la sujetó con fuerza gritándole:

—¡Te quemarás, Marie, todo eso es fuego! Marie sintió el calor.

—¿Por qué estas adorables criaturas no salen y juegan con nosotras?

—Igual que tú vives en el aire —dijo aquella—, ellas tienen que permanecer siempre en el fuego y perecerían aquí fuera. Mira qué bien se sienten, cómo sonríen y gritan; aquellas de allí abajo distribuyen los ríos de fuego en todas direcciones, por debajo de la tierra, por eso crecen las flores, las frutas y el vino; los rojos ríos corren junto a los arroyos y, por eso, las llameantes criaturas siempre están activas y alegres. Pero aquí hace demasiado calor para ti, salgamos otra vez al jardín.

Allí, el escenario se había transformado. La luz de la luna caía sobre todas las flores, los pájaros guardaban silencio y los niños dormían en grupos muy variopintos bajo el verde follaje. Marie y su amiga, no obstante, no sintieron cansancio alguno, sino que permanecieron paseando, entre multitud de conversaciones, hasta el amanecer.

Cuando se hizo de día, apagaron su sed con frutas y leche, y Marie dijo:

—Vamos a ir hasta los abetos para variar, a ver cómo es aquello.

—Con mucho gusto —dijo Zerina—, así podrás visitar allí también a nuestros guardias, que seguro que te gustarán. Están allí arriba, en el terraplén, entre los árboles.

Atravesaron los jardines y agradables florestas llenas de ruiseñores, luego subieron por laderas de viñedos y, tras haber seguido durante un buen rato los meandros de un claro arroyo, llegaron por fin a los abetos y a la elevación que limitaba el terreno.

—¿Cómo es posible —preguntó Marie— que dentro tengamos que caminar tanto y, sin embargo, fuera la distancia sea tan corta?

—No sé cómo es posible —respondió la amiga—, pero lo es.

Ascendieron hasta los oscuros abetos, y un frío viento les salió al encuentro desde el exterior; una niebla parecía cubrir el paisaje todo alrededor. En lo alto había unas maravillosas figuras de rostros harinosos y empolvados, no muy diferentes de las repugnantes cabezas de las lechuzas blancas; iban vestidas con abrigos de pieles de burda lana y sobre sus cabezas sostenían abiertos unos paraguas de extrañas pieles, sin dejar de soplar y de abanicarse con unas alas de murciélago, que sobresalían con fantásticas formas por entre el gabán.

—Quisiera reír y siento miedo —dijo Marie.

—Estos son nuestros buenos y laboriosos guardianes —dijo la pequeña compañera de juegos—. Ellos están siempre aquí soplando, para que a todo aquel que pretenda acercarse a nosotros le sobrecoja una fría angustia y un extraño temor; pero están cubiertos así porque aquí fuera llueve y hace mucho frío, cosa que no pueden soportar. Aquí abajo jamás llegan la nieve ni el viento ni el aire frío, aquí es eterno verano y primavera, así que si los de allí arriba no se relevaran a menudo, perecerían.

—Pero ¿quiénes sois? —preguntó Marie mientras descendían de nuevo por entre los aromas florales—. ¿O es que no tenéis un nombre por el que se os pueda reconocer?

—Nos llamamos elfos —dijo la amable niña—; por lo que he oído, en el mundo sí que hablan de nosotros.

Oyeron un gran tumulto en el prado.

—¡El hermoso pájaro ha llegado! —les gritaron los niños, y todos echaron a correr hacia la sala.

Entretanto vieron cómo todos, jóvenes y ancianos, se apresuraban a cruzar el umbral dando gritos de júbilo; desde el interior llegaba una alegre música. Una vez dentro vieron el gran círculo repleto de las más diversas figuras, y todas miraban en dirección a un gran pájaro que, en la cúpula, describía múltiples círculos volando lentamente con sus relucientes alas. La música sonaba más alegre que antes, los colores y las luces se alternaban con mayor rapidez. Finalmente la música se detuvo y el pájaro se lanzó con gran estrépito sobre una brillante corona que flotaba bajo el alto ventanal, el cual iluminaba la bóveda desde arriba. Su plumaje era de color verde y púrpura, a través de él se extendían unas rayas de colores muy brillantes y sobre su cabeza se movía una diadema de pequeñas plumas tan resplandecientes que refulgían como piedras preciosas. El pico era rojo y las patas de un azul luminoso. Al moverse todos los colores brillaban entremezclados, lo cual resultaba un placer para la vista. Era del tamaño de un águila. Pero entonces abrió el reluciente pico y de su agitado pecho salieron unas dulcísimas melodías, con unos tonos más hermosos que los del apasionado ruiseñor; su canto fue cobrando fuerza y se esparció como los rayos de la luz, de manera que todos, hasta los niños más pequeños, no pudieron por menos que llorar de alegría y de entusiasmo. Cuando hubo terminado, todos se inclinaron ante él; volvió a revolotear en círculos por la bóveda, salió luego disparado por la puerta y se lanzó hacia el claro cielo, donde, en lo alto, su brillo se convirtió tan solo en un punto rojo para después desaparecer rápidamente a la vista.

—¿Por qué estáis todos tan contentos? —preguntó Marie inclinándose hacia la hermosa niña, que le parecía más pequeña que el día anterior.

—¡Viene el rey! —dijo la pequeña—. Muchos de nosotros aún no lo han visto nunca, y allí donde él va hay dicha y felicidad; hace ya mucho que lo esperamos, con más ansia de lo que esperáis vosotros la primavera después del largo invierno, y ahora ha anunciado su llegada con este hermoso mensajero. Este pájaro tan adorable e inteligente, enviado al servicio del rey, se llama Fénix; vive lejos, en Arabia, sobre un árbol del que solo hay uno en el mundo, igual que tampoco hay ningún otro Fénix. Cuando se siente viejo, se construye un nido de bálsamos e inciensos, lo enciende y se prende fuego a sí mismo, de manera que muere cantando y, de entre las aromáticas cenizas, vuelve a resurgir entonces el rejuvenecido Fénix, con renovada belleza. Rara vez emprende el vuelo de manera que los hombres puedan verlo y, de ocurrir una vez en siglos, ellos lo dibujan en sus libros de memorias esperando que se produzcan acontecimientos maravillosos. Pero ahora, amiga mía, tú también tendrás que marcharte, pues no te está permitido ver al rey.

Entonces la hermosa mujer de la ropas doradas atravesó el tumulto, le hizo una seña a Marie para que fuera hasta donde se encontraba y anduvo con ella por debajo de una solitaria alameda.

—Tienes que dejarnos, querida niña —dijo—, el rey desea establecer aquí su corte durante unos veinte años, o quizá más; ahora la fertilidad y las bendiciones se esparcirán hasta muy lejos por toda la campiña, sobre todo por aquí cerca; todas las fuentes y los arroyos serán más abundantes, los campos y los huertos más ricos, el vino más noble, los prados más pródigos y el bosque más fresco y más verde; soplará un viento más suave, ningún granizo nos perjudicará, ninguna inundación nos amenazará. Toma este anillo y acuérdate de nosotros, pero cuídate de hablarle a alguien de nuestra existencia; de lo contrario, tendremos que salir huyendo de esta tierra, y todo lo que hay alrededor, incluida tú misma, carecerá de la dicha y las bendiciones de nuestra proximidad: besa una vez más a tu compañera de juegos y que te vaya bien.

Salieron; Zerina lloraba, Marie se inclinó para abrazarla y se separaron. Estaba ya en el estrecho puente, el aire frío de los pinos soplaba a sus espaldas, el perrito ladraba cordialmente haciendo sonar su campanilla... miró hacia atrás y echó a correr hacia el campo, porque la oscuridad de los abetos, la negritud de las desvencijadas cabañas y las sombras del ocaso le infundieron un angustioso temor.

—¡Cómo se habrán angustiado mis padres por mí esta noche! —se dijo para sus adentros al hallarse en el campo—. Y no puedo contarles dónde he estado ni lo que he visto, además tampoco me creerían.

Pasaron a su lado dos hombres que la saludaron, y ella les oyó decir:

—¡Qué chica más guapa! ¿De dónde será?

Con pasos presurosos se aproximó a la casa paterna, pero los árboles que el día anterior estaban llenos de frutos, estaban hoy secos y sin hojas; la casa estaba pintada de otro color y al lado se había construido un nuevo granero. Marie estaba asombrada y pensó que estaba soñando; en esa turbación abrió la puerta de la casa y, a la mesa, vio sentado a su padre entre una mujer desconocida y un joven forastero.

—¡Dios mío, padre! —exclamó—. ¿Dónde está madre?

—¿Madre? —dijo la mujer presintiendo algo y se adelantó precipitadamente—. ¡Caramba, ¿no serás...?! ¡Sí, claro, claro, tú eres Marie, a la que creíamos perdida, muerta, mi querida, mi única Marie!

La había reconocido al instante por un pequeño lunar bajo la barbilla, por los ojos y la figura. Todos la abrazaron, todos estaban emocionados de alegría, y los padres derramaban un sinfín de lágrimas. Marie se asombró de que casi era igual de alta que el padre; no comprendía cómo la madre podía estar tan cambiada y tan envejecida y preguntó cómo se llamaba el desconocido joven.

—Es Andres, el de nuestro vecino —dijo Martin—, pero ¿cómo vuelves ahora tan de repente después de siete largos años? ¿Dónde has estado? ¿Por qué no nos has dejado saber de ti?

—¿Siete años? —dijo Marie sin poder volver a encontrar sentido ni en sus ideas ni en sus recuerdos—. ¿Siete años enteros?

—Sí, sí —dijo Andres riendo y estrechándole la mano cordialmente—. ¡He ganado Marie, llegué hace siete años al peral y volví, y tú, tan lenta, no has llegado hasta hoy!

Volvieron a hacerle preguntas, la apremiaban, pero ella, recordando la prohibición, no pudo dar respuesta alguna. Prácticamente le pusieron en los labios la historia de cómo se había perdido, la habían subido en un carro que pasaba por allí y la habían llevado a un lugar lejano y desconocido, en el que ella no había sabido indicar a las gentes dónde estaba la casa de sus padres; cómo luego la habían trasladado a una ciudad mucho más lejana, donde unas buenas gentes la habían educado y querido, cómo estas luego habían muerto y ella, finalmente, habiendo recordado su lugar de origen y aprovechando una oportunidad de viaje, había podido regresar.

—Dejémoslo estar —exclamó la madre—. ¡Basta con que te tengamos de nuevo, hijita, tú, mi única hija, mi todo!

Andres se quedó a cenar y Marie siguió sin poder encontrarle sentido a nada. La casa le resultaba pequeña y oscura, y se sorprendió de su traje, que le parecía limpio y sencillo, pero completamente ajeno; contempló el anillo del dedo, cuyo oro brillaba magníficamente y engarzaba muy artísticamente una piedra de fulgurante rojo. A la pregunta de su padre respondió que el anillo era también un regalo de sus benefactores.

Anhelaba la hora de poder dormir y se apresuró a retirarse. A la mañana siguiente se sintió más serena, había ordenado mejor sus ideas y podía hablar y responder mejor a la gente del pueblo que había ido a saludarla. Andres volvió a presentarse allí muy temprano y se mostró muy laborioso, alegre y servicial. La joven de quince años en flor le había causado una profunda impresión y había pasado la noche sin dormir. Los señores la llamaron a palacio; allí tuvo que volver a contar su historia, a la cual ya estaba acostumbrada. El anciano señor y la venerable señora admiraron su buena educación, pues era modesta sin ser tímida y respondió cortésmente y con buenas palabras a todas las preguntas que le hicieron: había perdido el temor a aquellas nobles personas y a su entorno, pues al comparar esas salas y esas figuras con las maravillas y la extrema belleza que había visto en su estancia secreta con los elfos, este brillo terrenal tan solo le resultaba oscuro y la presencia de los hombres prácticamente insignificante. Los caballeros jóvenes estaban sumamente encantados con su belleza.

Era febrero. Los árboles se llenaron de hojas mucho antes de lo habitual, el ruiseñor jamás se había presentado tan pronto, la primavera llegaba a la tierra con más belleza de lo que los más ancianos podían recordar. Por todas partes brotaron pequeños arroyos que surtían de agua prados y praderas; las colinas parecían crecer, las laderas cubiertas de parras se elevaban mucho más, los árboles frutales florecían como nunca, y una bendición aromática y turgente pendía sobre el paisaje en pesadas nubes de pétalos. Todo crecía mejor de lo esperado, ni un solo día de frío ni una sola tormenta dañaron los frutos; el vino brotaba cada vez más rojo en enormes uvas, y los habitantes del lugar no paraban de admirarse pareciendo estar presos de un dulce sueño. El año siguiente fue igual, pero ya estaban más acostumbrados a lo maravilloso. En otoño Marie cedió a los ruegos de Andres y de sus padres: se convirtió en su novia y en invierno se casó con él.

A menudo recordaba con íntima nostalgia su estancia al otro lado de los abetos, y permanecía seria y en silencio. Por muy hermoso que fuera todo lo que la rodeaba, ella conocía algo aún más hermoso, por lo que una ligera tristeza embargaba su ser de una dulce melancolía. Le dolía mucho cuando su padre o su esposo hablaban de los gitanos y las malas gentes que habitaban en el oscuro valle; a menudo trató de defenderlos, puesto que sabía que eran los benefactores de la comarca, sobre todo frente a Andres, que parecía encontrar gran placer en hablar mal de ellos, pero siempre reprimía las palabras en su pecho. Así pasó el año, y al siguiente tuvo la dicha de tener una hija, a la que puso por nombre Elfriede, pensando seguramente en el nombre de los elfos.

La joven pareja vivía con Martin y Brigitte en la misma casa, la cual era lo suficientemente espaciosa, y ayudaban a sus padres a llevar la hacienda, que había ido a más. La pequeña Elfriede mostró enseguida unas cualidades y unos talentos muy especiales, pues empezó a andar muy pronto y ya lo hablaba todo sin tener apenas un año de edad; pasados unos años era tan inteligente y sensata y de tan extraordinaria belleza que todo el mundo la contemplaba con asombro y ni siquiera su madre era capaz de descartar la idea de que se parecía a los fulgurantes niños del valle de los abetos. A Elfriede no le agradaba mucho estar con los otros niños, sino que evitaba, hasta el punto de angustiarse, sus ruidosos juegos y prefería estar sola. Luego se retiraba a un rincón del jardín y leía o trabajaba afanosamente en un pequeño bordado; a menudo se la veía también sentada, como si estuviera ensimismada, o caminando vigorosa de arriba abajo por los paseos y hablando consigo misma. Los padres la dejaban hacer, porque estaba sana y crecía bien; únicamente les preocupaban a menudo sus respuestas u observaciones, extrañas y juiciosas.

—Los niños tan inteligentes —decía la abuela Brigitte muchas veces— no llegan a viejos, son demasiado buenos para este mundo; además la niña es extraordinariamente hermosa y no será capaz de hallarse a gusto en la tierra.

La pequeña tenía la particularidad de que la disgustaba en sumo grado dejarse servir: quería hacerlo todo por sí misma. En la casa era prácticamente la primera en levantarse y se lavaba con sumo cuidado y se vestía ella sola; igual de cuidadosa era por la noche, ponía mucha atención en guardar ella misma sus vestidos y su ropa interior y en no permitir que absolutamente nadie, ni siquiera su madre, tocara sus cosas. La madre le consentía este capricho, pues no se imaginaba nada más, pero cuál no sería su asombro cuando, un día de fiesta en que iban de visita a palacio, logró, por mucho que la pequeña se opuso entre gritos y lágrimas, cambiarle de ropa a la fuerza, y encontró en su pecho, colgada de un hilo, una pieza de oro de extraña forma, que reconoció al instante como una de las muchas que había visto en la bóveda subterránea. La pequeña estaba muy asustada y finalmente confesó haberla encontrado en el jardín y, como le gustaba mucho, la había guardado celosamente; también le pidió con tanta insistencia y ternura que le permitiera quedársela que Marie volvió a sujetársela en el mismo lugar y, sumida en sus pensamientos, subió con ella en silencio hasta el palacio.

A un lado de la casa de la familia de arrendatarios había algunos cobertizos de la hacienda donde guardaban la fruta y los aperos de labranza, y detrás de ellos había un prado con un viejo cenador que ahora no frecuentaba nadie porque, después de una nueva disposición de los edificios, quedaba demasiado lejos del jardín. En ese solitario lugar era donde Elfriede prefería estar y a nadie se le ocurría ir a molestarla allí, de manera que sus padres a menudo no la veían durante gran parte del día. Una tarde, la madre se hallaba en los cobertizos limpiando y tratando de encontrar una cosa que había perdido, cuando se percató de que a través de una grieta de la pared entraba un rayo de luz en la estancia. Se le ocurrió mirar por ella para observar a su hija y resultó que una piedra que estaba suelta se movía hacia un lado, con lo que se podía mirar directamente hacia el cenador. Elfriede estaba dentro, sentada sobre un banquito, y a su lado la bien conocida Zerina, y ambas niñas jugaban y se deleitaban en adorable armonía. La niña elfo abrazó a la linda muchacha y dijo con voz triste:

—Ay, mi adorada criatura, igual que contigo jugué también con tu madre cuando ella era pequeña y fue a visitarnos, pero vosotros los humanos crecéis muy deprisa y os hacéis mayores y os entra la razón muy pronto; eso es muy triste. ¡Si siguieras siendo una niña el mismo tiempo que yo...!

—Gustosa te complacería —dijo Elfriede—, pero todos dicen que muy pronto tendré uso de razón y ya no jugaré más, pues tengo las cualidades precisas para ser muy precoz. ¡Ay, y ya no te volveré a ver más, querida Zerina! Sí, pasa igual con las flores de los árboles: ¡qué adorable el manzano en flor con sus brotes rojizos y henchidos! El árbol crece y se ensancha, y cualquiera que pasa por debajo de él piensa también que llegará a ser algo especial; entonces llega el sol, las flores se abren tan afables..., pero debajo se esconde ya el malvado hueso que después repele y arroja al suelo sus galas de colores; entonces, angustiado y sin dejar de crecer, ya no puede hacer nada más: en otoño se convertirá en fruto. Cierto que una manzana también es adorable y grata, pero no es nada frente a esta flor de primavera: lo mismo nos ocurre a los humanos. No me siento alegre por convertirme en una joven adulta. ¡Ay, si pudiera visitaros al menos una sola vez!

—Desde que el rey vive entre nosotros —dijo Zerina— es absolutamente imposible, pero yo vengo a verte con mucha frecuencia, querida, y nadie me ve, nadie lo sabe, ni de aquí ni de allí; invisible atravieso los aires o vuelo por ellos como un pájaro. ¡Oh, aún estaremos mucho juntas, en tanto tú seas pequeña! ¿Qué puedo hacer para complacerte?

—Debes quererme mucho —dijo Elfriede—, tanto como yo te llevo en mi corazón; pero hagamos otra rosa.

Zerina se sacó la consabida cajita del pecho, tiró dos semillas y, de repente, brotó ante ellas un verde arbusto con dos rosas de un rojo intenso que se inclinaban la una hacia la otra y parecían besarse. Las niñas cortaron las rosas riendo y el arbusto desapareció.

—¡Oh, si no tuviera que morir tan rápido —dijo Elfriede—, esta criatura roja, el milagro de la tierra!

—¡Trae! —dijo la pequeña elfo, sopló tres veces la rosa que se abría y la besó tres veces—. Ahora —dijo al devolvérsela— se mantendrá fresca y floreciente hasta el invierno.

—La guardaré como una imagen de ti —dijo Elfriede—, la mantendré a buen recaudo en mi cuartito y la besaré por la mañana y por la noche, como si fueras tú.

—El sol se está poniendo ya —dijo aquella—, tengo que ir a casa.

Volvieron a abrazarse y luego Zerina desapareció.

Por la noche, Marie cogió a su hija entre sus brazos con una sensación de angustia y respeto; a partir de entonces le dejó a la dulce niña más libertad que antes y a menudo tranquilizaba a su marido cuando este se disponía a ir a buscar a la niña, cosa que hacía desde algún tiempo atrás, pues no le agradaba su retraimiento y temía que, por culpa de ello, se volviera ingenua o incluso tonta. Con frecuencia, la madre se deslizaba hasta la grieta de la pared, y casi siempre encontraba a la pequeña y fulgurante elfo sentada al lado de su hija, ocupadas con juegos o con serias conversaciones.

—¿Te gustaría poder volar? —preguntó en una ocasión Zerina a su amiga.

—¡Muchísimo! —exclamó Elfriede.

Al instante el hada abrazó a la mortal y se alzó con ella del suelo, flotando, de manera que subieron hasta la altura del cenador. La madre, preocupada, olvidó sus precauciones y, asustada, sacó la cabeza para seguirlas con la vista; entonces Zerina, desde el aire, levantó un dedo y la amenazó sonriente, volvió a posarse en el suelo con la niña, la estrechó contra su corazón y desapareció. Después la maravillosa niña vio a Marie muy a menudo, y a cada ocasión movía la cabeza o le hacía una señal de amenaza, pero con amables gestos.

Muchas veces, cuando habían discutido por algo, con el acaloramiento Marie le había dicho a su marido:

—¡Eres muy injusto con la pobre gente de la cabaña!

Cuando entonces Andres insistía para que le explicara por qué ella estaba en contra de la opinión de todas las gentes del pueblo, incluso de los señores, y pretendía saber más que nadie, se interrumpía y guardaba silencio desconcertada. Un día, después de comer, Andres se mostró más impetuoso que nunca, afirmando que había que expulsar de una vez de allí a esa chusma porque era perniciosa para la comarca; entonces ella exclamó completamente indignada:

—¡Cállate, porque son tus benefactores y los de todos nosotros!

—¿Benefactores? —preguntó Andres sorprendido—. ¿Esos vagabundos?

En medio de su rabia se dejó inducir a contarle, bajo promesa del más absoluto silencio, la historia de su juventud, y como él se mostrara más incrédulo con cada una de sus palabras y meneara la cabeza en señal de burla, le cogió de la mano y le condujo a la estancia desde la que, para su asombro, vio a la resplandeciente elfo con su hija jugando y haciéndose caricias en el cenador. No sabía qué decir; se le escapó una exclamación de asombro y Zerina levantó la vista. De repente empalideció y comenzó a temblar agitada; no con ceño amable, sino furioso, hizo el gesto de amenaza y luego le dijo a Elfriede:

—Tú no tienes la culpa, corazón mío, pero nunca aprenden por muy razonables que se crean.

Abrazó a la pequeña con tempestuosa premura y luego, en forma de cuervo, salió volando por el jardín, con un ronco graznido, en dirección a los abetos.

Por la noche la pequeña estuvo muy callada y, llorando, besaba la rosa; Marie se sintió presa de la angustia, Andres apenas hablaba. Se hizo de noche. De repente los árboles empezaron a crujir, los pájaros a volar todo alrededor con angustiosos graznidos, se escuchó el rugido del trueno, la tierra tembló y unos lamentos henchían el aire con sus gemidos. Marie y Andres no tuvieron valor para levantarse; se taparon con las mantas y aguardaron el día temblando de miedo. Al llegar la mañana, todo fue calmándose y quedó en silencio cuando el sol penetró desde lo alto del bosque con su alegre luz.

Andres se vistió y Marie se dio cuenta de que la piedra del anillo que llevaba en el dedo había perdido el color. Al abrir las puertas el sol los recibió con su claro brillo, pero apenas reconocieron el paisaje que había a su alrededor. El frescor del bosque había desaparecido, las colinas se habían hundido, los arroyos fluían cansinos y con poca agua, el cielo parecía gris, y, al volver la vista hacia los abetos, no parecían ni más oscuros ni más tristes que el resto de los árboles; las cabañas que había tras ellos no tenían nada de espantoso, y algunos aldeanos llegaron y les hablaron de la extraña noche pasada y de que habían atravesado el caserío en el que vivían los gitanos, y que estos debían de haberse marchado porque las cabañas estaban vacías y su interior era igual de normal que el de las casas de cualquier otra pobre gente: habían dejado allí incluso parte del mobiliario. En secreto, Elfriede dijo a su madre:

—Anoche, como no podía dormir, y presa del miedo por el barullo estaba rezando de todo corazón, mi puerta se abrió de repente y entró mi compañera de juegos para despedirse de mí. Llevaba consigo una bolsa de viaje, un sombrero en la cabeza y un gran bastón en la mano. Estaba muy enfadada contigo porque por tu culpa va a tener que soportar ahora los peores y más dolorosos castigos, y eso que siempre te había querido tanto, porque todos, según me dijo, tienen que abandonar muy a disgusto esta región.

Marie le prohibió hablar de ello y, entretanto, procedente del otro lado del río, llegó también el barquero, que contó muchas cosas extraordinarias. Al caer la noche se había acercado hasta él un hombre, alto y forastero, que le había alquilado la barca hasta el amanecer, pero con la condición de que se quedara tranquilo en casa durmiendo, o al menos que no saliera a la puerta.

—Me entró miedo —continuó diciendo el anciano—, pero ese extraño asunto no me dejaba dormir. Despacio me deslicé hasta la ventana y miré en dirección al río. Unas grandes nubes atravesaban intranquilas el cielo, y los lejanos bosques crujían que daba miedo; era como si mi cabaña temblara y unos lamentos y unos gemidos anduvieran deslizándose alrededor de mi casa. Entonces, de repente, vi un chorro de luz blanca que cada vez se hacía más y más ancho, como si cayeran muchos miles de estrellas; brillando y en forma de olas iba moviéndose desde el valle de los abetos, pasaba por el campo y se extendía en dirección al río. Entonces escuché trotes, tintineos, susurros y murmullos; se dirigían hacia mi barca, todos subieron, figuras grandes y pequeñas, hombres y mujeres, al parecer, y niños, y el alto forastero los cruzó a todos al otro lado; miles de formas claras nadaban en el río junto a la barca, en el aire aleteaban luces y blancas nieblas, y todos se quejaban y se lamentaban de tener que marcharse tan, tan lejos, y dejar esta amada tierra, a la que ya se habían acostumbrado. El golpe de los remos y el agua susurraban entremedias y, de vez en cuando, volvía a hacerse de repente el silencio. Con frecuencia la barca atracaba, y regresaba y volvía a cargarse de nuevo; también llevaban consigo muchos recipientes pesados, que portaban rodando unos tipos pequeños y horribles: si eran diablos o si eran duendes, eso no lo sé. Luego, en medio de un ondulante resplandor, llegó una suntuosa comitiva. Todo parecía girar en torno a un anciano que iba sobre un pequeño corcel blanco; pero yo solo vi la cabeza del caballo, porque estaba todo cubierto de preciosos y brillantes mantos. En la cabeza el anciano portaba una corona, de manera que, mientras lo llevaban al otro lado, pensé que el sol saldría justo por allí y que el brillo de la aurora me daría en la cara. Así transcurrió toda la noche; al final me dormí en medio del tumulto, en parte alegre, en parte temeroso. Por la mañana todo estaba en silencio, pero el río prácticamente ha desaparecido, de manera que voy a tener dificultades para llevar mi embarcación.

Ese mismo año todo dejó de crecer, los bosques murieron, las fuentes se secaron y esa misma región, que antes hacía la alegría de todo viajero, estaba en otoño yerma, desnuda y desolada, y apenas mostraba por algún lado, en medio de un mar de arena, un pequeño lugar en el que creciera la hierba con un verde pálido. Todos los frutales se agotaron, las vides se perdieron, y la visión del paisaje acabó siendo tan triste que, al año siguiente, el conde y su familia abandonaron el palacio, que después se echó a perder y quedó en ruinas.

Elfriede, con gran melancolía, contemplaba día y noche su rosa pensando en su compañera de juegos y, a medida que la flor fue doblándose y secándose, ella fue inclinando también su cabecita, y, antes incluso de que llegara la primavera, ya se había consumido. A menudo Marie se quedaba en la plaza que había ante la cabaña y lloraba la dicha perdida.

Fue consumiéndose, igual que su hija, y la siguió unos años después. El anciano Martin se marchó con su yerno a la región donde había vivido antaño.

Epílogo
de la traductora

Que Ludwig Tieck sea hoy en día un autor completamente desconocido en el panorama literario español no deja de ser un fenómeno curioso. En primer lugar porque Tieck es uno de los principales representantes del movimiento romántico alemán; en segundo, porque su intensiva dedicación a la literatura española le hace digno de ser considerado hoy en día como el impulsor del hispanismo en el ámbito germano, al tiempo que algunas de sus obras más significativas presentan reminiscencias de autores tan significativos como Cervantes o Calderón.

Ludwig Tieck nació en Berlín el 31 de mayo de 1772 y falleció en esa misma ciudad el 28 de abril de 1853. A pesar de que tan solo pasó allí su juventud y los primeros años de su etapa adulta, así como los últimos años de su vida, Berlín determinó su biografía y su obra literaria en muchos aspectos. La vida cultural berlinesa, con la que siempre se mantuvo en contacto, y tres de sus mejores amigos (Wackenroder, Solger y Gaumer) lo unieron de por vida a la misma, y aun cuando en algunos momentos, debido sobre todo a sus numerosas crisis psicológicas, Tieck despreciara la vida aburguesada en esa ciudad, lo cierto es que jamás se atrevió a fijar su residencia en un lugar que estuviera demasiado alejado de ella. El Berlín en el que se crió el futuro autor era, por aquel entonces, el centro cultural, administrativo e industrial del reino de Prusia. La ciudad, en la que residía la corte, contaba en aquella época con más de 110.000 habitantes, sin poder considerarse, a pesar de ello, como una gran ciudad en el sentido actual. Sin embargo, la rica vida cultural que ofrecía estaba en correspondencia con su calidad de capital y no estaba dominada únicamente por los representantes de la Ilustración, sino que la ciudad daba cabida también a eruditos y artistas de diferentes ámbitos intelectuales, al tiempo que los teatros acogían representaciones de obras no solo alemanas, sino de muy diferentes nacionalidades. La sociedad berlinesa de la época se caracterizaba por tanto por una gran variedad de orientaciones culturales, ya fueran Ilustración, Rococó o Sentimentalismo, y esta fusión de corrientes tan diferentes contribuyó en buena medida a la configuración de la singularidad de este particular espacio geográfico.

Los primeros años de contacto con la vida berlinesa, esto es, los años de escuela, resultarían determinantes tanto para la formación y posterior orientación del autor, al tiempo que determinaron el tipo de amistades que definirían las múltiples relaciones que cultivó durante toda su vida. En el liceo Tieck asistió a las clases de Friedrich Gedike (1754-1803), famoso por haber introducido significativas novedades en la enseñanza de la lengua alemana y de los idiomas extranjeros; allí se acercó también por vez primera a las relaciones entre música y literatura a través de uno de sus mejores amigos, Wilhelm Hensler, hijo adoptivo del director de la orquesta real, Johann Friedrich

Reichardt (1752-1814), quien lo introdujo en los círculos musicales y culturales más importantes de la ciudad. Asimismo durante esos tempranos años Tieck demostró sus preferencias por los tres autores que determinarían para siempre el conjunto de su producción literaria: Goethe, Shakespeare y Cervantes. Además de todo esto, también en esa época comenzó a dar forma a sus primeros textos literarios, y así, antes de terminar sus estudios en 1792, había compuesto ya veinticinco obras literarias, sin contar ensayos y trabajos de escuela. Ese mismo año Tieck se trasladó a la Universidad de Halle para continuar allí sus estudios. Aunque se había matriculado para estudiar Teología, se dedicó casi exclusivamente al estudio de la literatura, la historia antigua y la filosofía. En Halle, tras haberse visto obligado a abandonar Berlín por haber tomado partido por la Revolución Francesa, se encontraba también Reichardt, con quien Tieck retomó rápidamente el contacto. Invitado de excepción a sus reuniones culturales, Tieck acudió con mucha frecuencia a su casa, que pronto se convertiría en un importantísimo punto de encuentro del temprano movimiento romántico.

Por otro lado, el agreste paisaje de los alrededores, que pudo experimentar sobre todo en un viaje por el Harz realizado en julio de ese mismo año, resultó para el joven criado y formado en la ciudad una experiencia única, una vivencia espectacular de la naturaleza, que conduciría al autor a concebir la naturaleza como un fenómeno casi místico. Es posible encontrar huellas de esta peculiar visión de la naturaleza en la práctica totalidad de sus textos, fundida con las de autores como H.

Jung-Stilling o W. Heinse, que él mismo concebía como modelos. Por otro lado, la lectura de una de las novelas góticas de mayor éxito en la época, hoy completamente olvidada, *Der Genius* (*El genio*) de Karl Grosse (1768-1847), influyó también de manera decisiva en la determinación de esta concepción, pues en ella fantasía y realidad se funden hasta llegar a construir horrendas alucinaciones, dando lugar a una forma extraordinariamente sensible de concebir la experiencia de la naturaleza.

Durante sus años de estudiante trabó una estrecha amistad con uno de sus compañeros, Wilhelm von Burgsdorff (1772-1822). A través de él, Tieck entró en contacto por vez primera con los círculos de la aristocracia, y en otoño de 1792 ambos se trasladaron a la Universidad de Göttingen. A pesar de tratarse de una universidad joven, su excelente biblioteca había congregado allí a la élite académica, entre la que se contaban personalidades de tal renombre como los hermanos Alexander y Wilhelm von Humboldt o el poeta Friedrich von Hardenberg, más conocido como Novalis. En las clases del historiador Johann Dominik Fiorillo (1748-1821) Tieck adquirió sus primeros conocimientos sistemáticos de arte italiano y francés, y en las de Jeremias David Reuss (1750-1837) leyó y estudió los textos de Shakespeare, al tiempo que pudo acceder a un buen número de bibliografía crítica al respecto. También durante estos años empezó a aplicarse al estudio de la lengua y la literatura españolas, campo en el que hizo grandes progresos, y muy pronto estuvo ya en situación de leer el *Don Quijote* en la lengua original. Los semestres que Tieck pasó en las universidades de

Halle y Göttingen resultaron enormemente provechosos y muy productivos en lo que a su propia producción literaria se refiere, pues durante estos años fue desarrollándose de forma progresiva un estilo literario propio.

Ya durante los últimos años que pasó en el liceo, Wilhelm Heinrich Wackenroder (1773-1798) se había convertido en uno de sus mejores amigos. La correspondencia que ambos mantuvieron entre 1792 y 1793 es considerada hoy en día como el testimonio personal más importante del Romanticismo temprano. El semestre de verano de 1793 resultó decisivo, pues en él Tieck y Wackenroder se trasladaron a la Universidad de Erlangen. Fue en esta ciudad francona donde ambos entraron en contacto directo con todo lo que hasta ese momento tan solo habían visto y leído en los libros. El punto álgido de la estancia en tierras franconas lo constituyó el viaje en el que visitaron las ciudades de Núremberg y Bamberg y el palacio de Pommersfelden, al tiempo que realizaron una excursión a pie por el Fichtelgebirge. La imagen y el carácter medieval de ambas ciudades, la pintura de Durero y la galería de arte italiano que pudieron contemplar en Pommersfelden impregnaron su alma de un mundo ya desaparecido, de una realidad vivida que era necesario recuperar. La naturaleza de Franconia y el barroco católico del sur de Alemania, tan diferentes de la arquitectura y de los paisajes del norte, dejaron también una huella indeleble en ambos jóvenes.

A pesar de las experiencias sin par que Tieck adquirió durante sus años universitarios, en otoño de 1794 decidió abandonar los estudios y regresar a Berlín. Los motivos que impulsaron esta decisión no fueron otros que el deseo de querer dedicarse única y exclusivamente a la escritura. Al contrario que su amigo, Wackenroder no pudo llevar a la práctica sus inclinaciones, puesto que, accediendo a los deseos de su padre, se hizo cargo de una plaza de abogado del Estado. Para él, al contrario que para Tieck, Berlín no significaba más que la felicidad perdida y acabó convirtiéndose en un espacio de sufrimiento anímico en el que hubiera querido hacer realidad su vida como escritor. Ello trajo consigo que, poco a poco, la amistad entre Tieck y Wackenroder se fuera debilitando, aunque en el verano de 1796 ambos realizaran un viaje a Dresde para visitar la famosa galería en la que podían contemplarse numerosas pinturas de Rafael y Correggio. Poco antes del viaje, Tieck se había comprometido con Amalie Alberti, hija del teologo Julius Gustav Alberti (1723-1772), amigo de Klopstock y de Lessing, dando con ello los primeros pasos para establecer una vida familiar. La boda se celebró el año de la muerte de Wackenroder y aportó a Tieck toda una serie de importantes relaciones en el plano cultural.

Al contrario que en la atmósfera universitaria, en la que nunca había llegado a sentirse completamente a gusto, Berlín le abrió las puertas a una vida pública completamente nueva. Los salones berlineses ofrecían tolerancia, franqueza y generosidad tanto en el trato como en el intercambio de ideas. Entre los más famosos se contaban los de Henriette Herz (1764-1847) y Rahel Levin (1771-1833), y a ellos acudían tanto representantes de la nobleza como del mundo cultural y artístico.

Para poder vivir de sus producciones literarias, Tieck se dirigió a uno de los editores de mayor prestigio, Friedrich Nicolai (1733-1811), cuyas publicaciones determinaron durante largo tiempo la escena literaria berlinesa. Este le ofreció colaborar en una serie de volúmenes que contenían narraciones de carácter lúdico y didáctico. Aun no tratándose de textos de una calidad similar a posteriores obras del autor, las narraciones que publicó dentro de este marco resultan de especial significación por el hecho de que en ellas se percibe ya el estilo dialógico que se manifestará posteriormente en toda su plenitud en las conversaciones que constituyen el marco de su gran obra *Phantasus*, así como en la práctica totalidad de sus novelas cortas. No obstante, y a pesar del éxito de la colección, Tieck se dio a conocer al público de la época fundamentalmente a través de dos obras, editadas también por Nicolai: *Volksmährchen herausgegeben von Peter Leberecht* (*Cuentos populares, editados por Peter Leberecht,* 1797) y *William Lovell* (1795-1796). La variedad de temas y de estilos presentes en ambos textos dificulta sobremanera cualquier intento de definir en ellas lo «romántico». Pero tanto formal como temáticamente se hallan en ambas las estructuras, motivos y temas que configurarían la posterior literatura romántica, aunque en este estadio tan temprano se perciben aún elementos propios de un periodo de transición. En la primera, sin ir más lejos, se deja ver ya la renuncia romántica a cualquier tipo de organización y estructuración de la materia narrativa. La segunda es puro sentimiento plasmado, igual que el *Werther*, en forma epistolar.

Aunque esbozado durante sus años universitarios, Tieck fue capaz de componer a muy temprana edad —veintitrés años— un texto que resulta decisivo para poder interpretar el fenómeno del nihilismo —de ahí, evidentemente, el interés por el *William Lovell* de S. Kierkegaard o de C.G. Jung, entre otros—. Aun a tenor de diversos estudios que tratan de interpretar la obra como un reflejo semiautobiográfico, lo cierto es que la biografía y el proceso de formación y desarrollo de Tieck hasta ese momento no resultan suficientes para poder explicar la obra en toda su magnitud. En el fondo, la novela es una reescritura literaria del cansancio y del agotamiento cultural que vivían sus contemporáneos, de ahí que en ella se lean por un lado motivos como el entusiasmo, el subjetivismo, la autoobservación o el lenguaje del corazón, junto a otros como la resignación o la falta de horizontes. Lovell es un personaje al que no pueden satisfacer ni el entusiasmo ni el placer ni el libertinaje, que más bien pierde la propia identidad en un estado en el que se funden la melancolía, el miedo y el aburrimiento, y para el que la vida, en definitiva, no es más que sueño, ilusión, caos y nada. El hecho de que precisamente en el inicio del movimiento romántico, en la que puede definirse ya como la primera novela genuinamente romántica, aparezca un pesimismo tan sombrío, por no decir un claro nihilismo, ha dado pie a muchos críticos a valorar esta novela de Tieck como la última obra de juventud de su autor sin poder, por tanto, enmarcarla dentro del período romántico. En cualquier caso, la novela merece mucho más que una valoración tal: el estado anímico que desvelan los textos románticos procede sin ir más lejos de la atmósfera del Sentimentalismo y de la literatura de similares características compuesta entre los años 1775 y 1790, y el movimiento romántico, propiamente dicho, cuya variedad y multiplicidad de formas y manifestaciones no pueden acentuarse lo suficiente, comienza a manifestarse en la obra de Tieck en sus aspectos más negativos y tristes, antes de encontrar un camino diferente. Por su estructura, el *William Lovell* parece rechazar aún la técnica de lo fragmentario y lo experimental, asociadas siempre a la novela romántica, y orientarse en mayor medida hacia técnicas narrativas propias del siglo XVIII. No obstante, Tieck combina aquí muy sabiamente la tradición seguida en obras como el *Werther* de Goethe o el *Ardinghello* de W. Heinse, con la tradición de la novela epistolar y de la novela gótica, fundiendo todas ellas con una maestría excepcional en la descripción de estados psicológicos y anímicos propios de los más célebres personajes del Romanticismo alemán. Aun con todo, y a pesar de su genialidad, la novela ha sido olvidada por la crítica con el paso del tiempo, seguramente porque su contenido no encaja con la concepción tradicional de la novela de formación y desarrollo; pero no debe olvidarse que su influjo se percibe en algunos de los autores más representativos del periodo como J. von Eichendorff, E.T.A. Hoffmann o Jean Paul. Sin el modelo de William Lovell sería impensable la existencia de personajes como el Roquairol de Jean Paul, el Godwi de Brentano, la marquesa de Arnim en su *Gräfin Dolores* (*La condesa Dolores*) o el conde Rudolf de Eichendorff. Por otro lado, la novela de

Tieck establece un puente que conduce desde el sentimiento trágico de Werther hasta la visión del mundo de un autor como G. Büchner.

Tras la genialidad demostrada en una obra como el *William Lovell*, Tieck tenía diversas posibilidades de continuar su labor literaria: seguir escribiendo a la manera del *Lovell*, elevar esta misma forma al ámbito de la parodia y el absurdo o dar forma poética a las experiencias artísticas de sus años de estudiante. Las obras de sus años posteriores se caracterizarán precisamente por una fusión o por una alternancia de estas tres tendencias.

Ya durante los años en los que había estado trabajando para la serie de narraciones editadas por Jacobi, Tieck había demostrado un gran interés por las tramas propias de géneros como el cuento popular, la saga o la leyenda. Los autores del *Sturm und Drang*, y también los de literatura trivial, habían recurrido a motivos similares para la composición de sus obras sobre caballeros medievales, y el propio Tieck se había servido de ellos en la narración titulada *Die Sühne* (*La expiación*). Fue precisamente durante el periodo en el que estuvo trabajando para la colección de Nicolai cuando compuso una de sus piezas más logradas, *Der blonde Eckbert* (*Eckbert el rubio*, 1797), con la cual configuró una forma narrativa que supuso un giro decidido para la prosa romántica: la *Novelle*, la novela corta de estructura dramática. Este género ocupa un lugar muy destacado dentro del conjunto de la literatura del Romanticismo alemán, lo cual no deja de resultar sorprendente si se tiene en cuenta que los esfuerzos de los autores de este periodo por expresar la infinitud y la falta de límites de la existencia y, por ende, de la obra artística, se contrapone de manera radical a un género de forma cerrada, de estructura determinada y de fronteras casi imposibles de transgredir. No obstante, la novela corta sí permite al autor introducirse en la psique y en el alma de los personajes y mostrar sus lados más oscuros y más sublimes, así como sus impulsos ideales, egocéntricos, delictivos y geniales, y sus anhelos de amor infinito y de una existencia más allá de los límites de la cotidianeidad. De ahí que, durante este periodo, los géneros de la novela corta fantástica (*phantastische Novelle*) y la novela-cuento (*Märchennovelle*) se conviertan en los más queridos por los autores y también en los más leídos por su público, puesto que en ellos lo maravilloso, traspasando las fronteras del género, permite describir las posibilidades de la conciencia humana, así como ampliar la visión de la naturaleza del ser humano. La novela corta del Romanticismo es, pues, el espejo de la totalidad existencial nunca manifestada, ni antes ni después, a través de este género.

Los dos protagonistas, Bertha y Eckbert, pertenecen, con todas sus limitaciones, al mundo de lo cotidiano; pero bajo esa apariencia se oculta un misterio terrible que es desvelado dentro del marco de la obra. Esta narración constituye un recuerdo del paraíso perdido de la infancia, tal como se aprecia también en *Die Elfen* (*Los elfos*). Los giros que va dando la acción coinciden siempre con el paso de lo real a lo irreal, es decir, con el punto en que se rozan los dos mundos que, fusionados, configuran las tres narraciones del presente volumen.

Al mismo tiempo, con esta narración Tieck logró conectar con los ambientes dibujados en sus primeras novelas de corte gótico y aproximarse al género del cuento popular, tan importante también para los escritores románticos. Si *Eckbert el rubio* supone el punto de inflexión, a partir del cual la producción de Tieck puede definirse en el marco del movimiento romántico, es difícil de afirmar. En cierto modo, la obra es mucho más radical que el *William Lovell*, pues si en esta aún es posible aplicar una explicación racional a fenómenos de carácter fantástico, en aquella ya no resulta factible una explicación racional para lo misterioso y lo maravilloso que determinan el mundo de los humanos. De esa forma el hombre se ve expuesto al caos interno y al horror que produce lo sobrenatural.

Lo sobrenatural y lo fantástico determinan también las reescrituras que Tieck hizo durante estos años de los libros populares de la Edad Media y el Humanismo, a través de los cuales entró en contacto con la literatura de estos periodos y, con ella, con un mundo pleno de religiosidad, aventura y romances. El trabajo con los textos y las materias medievales condujo a Tieck con el tiempo a una labor editorial y filológica desconocida hasta entonces, pues gracias a él se recuperaron muchas obras de ese periodo desconocidas hasta el momento. También de la época en que trabajó para Nicolai datan sus primeros intentos dramáticos, de entre los cuales los más conocidos son, sin duda, *Der gestiefelte Kater* (*El gato con botas*) y *Ritter Blaubart* (*El caballero Barbazul*). Difíciles de llevar a escena debido a su poca adaptación al medio, han de considerarse, muy a la manera romántica, como dramas para ser leídos y no representados. Asimismo data de este periodo el trabajo conjunto con Wackenroder, que culminaría en la publicación de las *Herzensergießungen eines kunstliebenden Klosterbruders* (*Confesiones de un monje amante del arte*), un conjunto de relatos sobre artistas, arte y religión.

La novela inacabada *Franz Sternbals Wanderungen* (*Los viajes de Franz Sternbald*, 1798) puede considerarse, en cierto modo, como una continuación de su trabajo conjunto con Wackenroder. Las figuras históricas de Durero y Lukas van Leyden, representantes de una conciencia nacional, aparecen confrontadas aquí con artistas del Renacimiento italiano como Tiziano y Correggio. Esta idea de conciencia nacional, sin embargo, adquiere un significado bastante secundario en el marco de la acción, puesto que el viaje de formación del protagonista parte de Núremberg y atraviesa Alemania para llegar a Italia, el país de la sensualidad, de los sentidos, para terminar, tal como planeaba su autor, de nuevo en Alemania, junto a la tumba de Durero, una vez conseguida la maestría y, en definitiva, la formación perseguida tanto a nivel profesional como personal. Al contrario que en la obra conjunta con Wackenroder hay aquí una llamada a la búsqueda de la identidad, definida en esta ocasión en paralelo al motivo del viaje, a través de la cual la obra conecta con el *William Lovell* y la novela gótica para convertirse en símbolo del individuo incompleto, de la búsqueda de sí mismo. La obra recuerda en mucho el proceso de formación dibujado por Goethe en su obra canónica, *Wilhelm Meisters Lehrjarhe* (*Los años de formación de Wilhelm Meister*), que daría forma al género del *Bildungsroman* (novela de formación), aunque la alternancia de pasajes idílicos y de aventuras deja ver una clara orientación hacia la estructura de la novela gótica. Pero la gran novedad de esta obra, desgraciadamente inconclusa, es, con toda seguridad, la concepción del paisaje en dependencia constante de los estados de ánimo de los personajes, de ahí la influencia que posteriormente tuvo sobre la práctica totalidad de los autores románticos e incluso sobre pintores como los nazarenos. Esta concepción del paisaje se refleja también en muchos de sus poemas, incluidos por lo general en sus composiciones en prosa. En *Eckbert el rubio* y también en el *Sternbald* estos poemas se convierten en los elementos que confieren al texto un marcado carácter emocional.

Entre los años 1799 y 1810 Tieck se alejó de Berlín para emprender una vida un tanto itinerante, pero fue precisamente durante estos años cuando mantuvo un contacto más estrecho con el movimiento romántico, al tiempo que participó de él de una forma mucho más directa y prolífica. No obstante, fue una época de graves crisis, tanto a nivel económico como familiar, y, debido a ello, muchos de sus planes quedaron interrumpidos o bien ni siquiera se llevaron a cabo.

Tieck pasó el verano de 1799 entre Giebichenstein, Jena y Weimar. La amistad que mantenía desde hacía tiempo con los hermanos Schlegel le abrió las puertas también a la amistad con el poeta Novalis. Ese mismo verano conoció también a Goethe, Schiller, Herder y Jean Paul. Hasta 1801 Tieck mantuvo una viva correspondencia con Goethe; posteriormente, en 1819, volverían a retomarla, aun cuando las ideas católicas de Tieck fueron siempre para el genio de Weimar motivo de grandes críticas. A pesar de que hasta el momento de conocerlo Goethe no se había expresado sobre Tieck más que de forma contenida, lo cierto es que no dejó de mostrar cierta receptividad hacia su forma de comprender la literatura romántica. Schiller tampoco se mostró muy receptivo hacia el joven escritor, debido seguramente a su amistad con los Schlegel, a los que Tieck consideraba dentro de su círculo de detractores. No obstante, siempre le apoyó y le aconsejó en todo lo referente a la literatura española.

En octubre de 1799 Tieck se trasladó a Jena junto con su esposa y su hija y permaneció allí hasta junio de 1800, justamente el periodo en el que el círculo de Jena, formado, entre otros, por los hermanos Schlegel, sus esposas Caroline y Dorothea, Schelling, Fichte y Brentano, estaba en pleno apogeo. Fue en Jena precisamente donde Tieck sufrió su primer ataque reumático, una enfermedad que ya no lo abandonaría hasta el final de sus días. Y fue allí también donde Tieck se declararía públicamente como miembro del movimiento romántico, tal como demuestran con su programático título sus *Romantische Dichtungen* (*Poesías románticas,* 1799-1800) y la traducción del *Don Quijote*, una obra que se convertiría en un texto paradigmático para comprender el Romanticismo alemán. La obra de Cervantes hacía realidad la idea romántica de la universalidad del arte, al tiempo que se realizaban en ella todas las posibilidades de la novela: la ironía, la fusión de narración, canción y otras formas, y la prosa se convertía en forma de representación de lo absoluto.

En abril de 1801 la familia se trasladó a Dresde, ciudad en la que se distanció de las disputas literarias que en ese momento estaban teniendo lugar en Berlín, aunque tal vez el distanciamiento se debiera más a la crisis personal que estaba viviendo (la muerte de sus padres y también la de Novalis le afectaron sobremanera) y que duraría más de diez años. Entre las obras que compuso durante esta nueva etapa se cuenta *Der Runenberg* (*El monte de las runas*, 1802). En ella, el autor se hace eco de ese ambiente de lo desconocido y siniestro, del individuo expuesto a las fuerzas de la naturaleza y de la soledad, que ya había tratado también en *Eckbert el rubio*. El mundo de los minerales y el paisaje que lo rodea se convierte aquí en un símbolo de magia y erotismo. El motivo del mundo subterráneo, además, era uno de los temas centrales de Novalis, para el que representa un símbolo del conocimiento de uno mismo, así como de la ampliación de ese autoconocimiento. *El monte de las runas* es el contrapunto a *Eckbert el rubio*: si en esta el individuo experimenta una ampliación de los límites de su existencia, en aquella experimenta únicamente su reducción. Si en *Eckbert* se pone fin a toda dicha posible debido a la traición a las fuerzas de lo maravilloso, aquí ocurre exactamente al revés. Lo que resulta evidente en ambos casos es que no es posible una simbiosis con la naturaleza viva que permita al protagonista sobrevivir, por lo que ha de terminar alejándose del mundo, viviendo en solitario, e incluso sumido en la locura como en el caso de Christian.

También durante este periodo comenzó a estudiar de forma intensiva la literatura medieval alemana, hecho que culminaría con la publicación en 1803 de la colección titulada *Minnelieder aus dem Schwäbischen Zeitalter* (*Poemas de amor de la época suaba*). La ciudad, no obstante, no ofrecía al autor la posibilidad de poder asegurar unos ingresos continuos, por lo que, sin dudarlo, aceptó la oferta de su amigo Burgsdorff para trasladarse junto con su familia a Ziebingen, una pequeña localidad cercana a Frankfurt del Oder. Allí residió la familia hasta 1819, en las propiedades del conde de Finckenstein. La invitación supuso para el autor una solución nada complicada a todos sus problemas económicos, pero también transformó su entorno social. Él, que siempre se había sentido tan a gusto en el ambiente de los salones berlineses, entró entonces en contacto con la rancia nobleza rural. Además, durante los primeros años en Ziebingen, las crisis alejaron a Tieck de su esposa y su hija, aunque también se ausentó frecuentemente del lugar para ayudar a su hermana Sophie con las muchas dificultades que estaba viviendo en su matrimonio. Con ella realizó varios viajes por el sur de Alemania, y también a Roma, donde entró en contacto con el círculo de los hermanos Humboldt y conoció al poeta Coleridge. En 1808 se trasladó a Viena, donde residía su hermana desde su regreso de Italia, para seguirla a finales de año hasta Múnich.

En cualquier caso, los años de Ziebingen resultaron enormemente productivos en todos los sentidos: Tieck trabajó de forma intensa en su propia obra, concluyendo textos ya empezados y revisando otros ya concluidos. Asimismo en estos años recibió su primer reconocimiento público en el mundo académico: el nombramiento como doctor *honoris causa* por la Universidad de Breslau. Entre 1811 y 1816 trabajó con ahínco en la revisión de algunas narraciones para incluirlas en el *Phantasus*. También *William Lovell* se vio sometida a una revisión que la abrevió en algunos pasajes y continuó avanzando en el *Sternbald*. Pero la obra magna de este periodo es sin duda el *Phantasus*, la colección de toda una vida, en la que, a la manera de Boccaccio en el *Decamerón*, y siguiendo el modelo propuesto por Goethe en sus *Unterhaltungen deutscher Ausgewanderten* (*Conversaciones de emigrados alemanes*), Tieck utiliza la técnica del marco que tan popular se haría después en la literatura alemana. El marco lo constituye aquí una conversación intelectual entre miembros de la aristocracia y la alta burguesía, en la que se discute sobre lo serio, lo jocoso y el entusiasmo, de manera que se mantienen las normas del buen tono que ya propusiera Boccaccio. Por respeto a las damas se evitan también todo tipo de conversaciones de carácter filosófico y se tratan temas que no suponen un excesivo esfuerzo conceptual. La colección, y también el marco, recogen, no obstante, los temas favoritos de Tieck: la patria, la amistad, la naturaleza, el teatro, Shakespeare, Calderón, el gusto literario, lo cómico, el sueño, lo enigmático, lo maravilloso y un largo etcétera.

Aunque se afirma el mundo romántico en todos sus matices, la atmósfera que reina entre el grupo es la de la tolerancia, y en ningún momento se percibe tendencia alguna a la polarización. Las tres narraciones que componen el volumen que el lector tiene entre sus manos estaban predestinadas ya desde un principio a formar parte del conjunto, que incluía, además, otras como *Der getreue Eckart* (*El leal Eckart*), *Liebeszauber* (*Hechizo de amor*), *Die schöne Magelone* (*La bella Magelone*), *Der Pokal* (*La copa*), *Rothkäppchen* (*Caperucita roja*), *Blaubart* (*Barbazul*), *Der gestiefelte Kater* (*El gato con botas*), *Die verkehrte Welt* (*El mundo al revés*), *Däumchen* (*Pulgarcito*) y *Fortunat* (*Fortunatus*). Todas ellas tienen como característica común el hecho de conducir al lector desde un mundo conocido a otro fantástico o terrible. Este juego con una doble realidad se encuentra de un modo muy similar en obras de E.T.A. Hoffmann o de Achim von Arnim. Pero la importancia literaria de esta compilación de Tieck radica fundamentalmente en el hecho de que configuraron una forma de la narrativa romántica que alcanzó su popularidad con autores tan conocidos como Hoffmann y Poe. También en este punto fue Tieck el iniciador de otra de las grandes corrientes literarias, que haría de sus novelas de la época de Dresde las obras más leídas de su autor.

En el verano de 1817 se hizo realidad uno de los grandes sueños de Tieck: viajar a Francia y a Inglaterra. Si Francia le agradó sobremanera, el viaje a Inglaterra se convirtió para él en una auténtica decepción, pues la Inglaterra que se encontró no era ya, evidentemente, la Inglaterra de Shakespeare, y

Londres, una metrópolis en cambio constante, no le resultó en absoluto atractiva a un enamorado de ciudades como Núremberg o Roma. A ello se añadieron, además, las dificultades lingüísticas, pues su inglés era un inglés erudito y literario y no el inglés que se hablaba en las calles londinenses. Y tampoco tuvo lugar el esperado intercambio de ideas con Coleridge.

Tras la muerte del anciano conde de Finckenstein en abril de 1818 y los subsiguientes cambios en la situación familiar en Ziebingen, Tieck se trasladó junto a su familia a Dresde en el verano de 1819. No es posible saber si la intención del autor era permanecer allí durante largo tiempo, pues las negociaciones para obtener una cátedra en Berlín estaban paralizadas en ese momento. No obstante, pronto volvió a tener en esta ciudad un nutrido grupo de amistades, entre las que se contaban escritores, profesores y músicos. Durante estos años continuó trabajando también en el ámbito dramático, aunque sus esfuerzos por revitalizar el teatro de Dresde y convertirse en director del mismo, algo que había soñado desde su juventud, no llegaron a hacerse realidad. Tieck era ya demasiado mayor para ello y no disponía tampoco de ningún tipo de experiencia práctica, eso sin tener en cuenta que estaba muy alejado de la realidad teatral del momento. De este modo, y para asegurarse unos ingresos fijos, Tieck firmó una serie de contratos con diversos editores: Reimer en Berlín, Brockhaus en Leipzig y Max en Breslau. El primero editó las novelas y los escritos teóricos, el segundo las novelas cortas y el tercero algunas obras aisladas. Sus honorarios le permitieron un estilo de vida cómodo, e incluso pudo permitirse pasar todos los años algunas semanas del verano en diversos balnearios.

En las conversaciones del marco del *Phantasus* Tieck había formulado sus ideas acerca de la poesía y la patria, dándoles forma literaria a través de los diferentes textos. Las obras que compuso durante este nuevo periodo, tras un lapso de quince años de escasa producción, pueden considerarse, sin duda, como una continuación de aquellos primeros textos, aunque con ciertas variaciones en la forma, de ahí que no resulte extraño encontrar hoy en día estudios críticos que comparan las novelas que compuso para la colección de Nicolai con las compuestas durante esta época de Dresde, fundamentalmente *Vittoria Accorombona* y *Der junge Tischlermeister* (*El joven maestro carpintero*), en las que se reconocen también influencias de Jean Paul y Cervantes. Es difícil poder incluir ambas novelas bajo el denominador común de «románticas», pues no se descubre aquí ya el dualismo propio de un Eichendorff ni tampoco las fuerzas demoníacas de un Hoffmann: Tieck se deja ver en ellas como un viejo romántico, sin nada de esoterismo, pero convencido de que lo fantástico y lo cotidiano son manifestaciones de la realidad que no se contraponen. Pero lo más destacable es el hecho de que en ambas se recogen cuestiones de tipo social, expresadas en diálogos a través de los que se tematiza la amistad, la vida en comunidad, la humanidad en definitiva, algo que se verá también con bastante frecuencia en la obra tardía de A. von Arnim. Los temas que aparecen dibujados en ellas reflejan la variedad y la complejidad de la vida humana: locura, precipitación, egoísmo, fantasía, veleidad, pero también reconciliación, orden, dicha familiar. Entre las más destacables se cuentan las tituladas *Die Verlobung* (*El compromiso*), *Die Reisenden* (*Los viajeros*), *Die Gesellschaft auf dem Lande* (*La sociedad del campo*) y *Des Lebens Überfluß* (*La abundancia de la vida*). Concebidas en un tono manifiestamente romántico, pero sin que se perciba ya aquella experiencia extraordinaria de la naturaleza están *Das alte Buch* (*El viejo libro*) y *Waldeinsamkeit* (*Soledad del bosque*). Un grupo particular y muy interesante es el formado por las novelas de contenido histórico (sobre todo *Der Hexen-Sabbath* [*El sábat de las brujas*]), estrechamente relacionadas con las novelas históricas *Vittoria Accorombona*, un cuadro sublime del Renacimiento tardío, y *Der Aufruhr in den Cevennen* (*La revolución en las Cevenas*), una novela dialogada con notas de novela de formación, que podría considerarse como un antecedente de este género tan practicado después por autores como Theodor Fontane o Thomas Mann. Todas estas obras, junto con las novelas de artista *Dichterleben* (*Vida de poeta*) y *Tod des Dichters* (*Muerte del poeta*), recogen los dos grandes temas de su producción tardía: la poesía y la patria. Es durante estos años y a través de estas obras cuando Tieck tematiza el problema de la relación entre poesía, patria y nación, rechazando de plano los planteamientos de carácter mitológico de Friedrich Schlegel, así como el cosmopolitismo manifestado ya por los jóvenes representantes del nuevo movimiento que pasaría a la historia de la literatura con el nombre de «Junges Deutschland» («Joven Alemania»). Así pues, en sus obras de corte trágico e histórico el lector encuentra tematizada la relación, perfectamente válida para él, entre la grandeza poética y la conciencia nacional, simbolizada principalmente en la conocida oposición entre Shakespeare y Marlowe en *Dichterleben* (*Vida de poeta*), en el destino de Camões en *Tod des Dichters* (*La muerte del poeta*), y, sobre todo, en el rechazo de Tasso y Ariosto y la preferencia por Dante y Camões, en general.

Debido al gran éxito de sus novelas, pero también a las polémicas frente a la actitud de los Jóvenes Alemanes, Tieck fue durante los últimos años de su estancia en Dresde objeto de fuertes ataques. Pero lo que le afectó de manera muy profunda fue la muerte de su esposa y su hija, hecho que trajo consigo un agravamiento de su estado de salud y el alejamiento de sus círculos de amistades. En el verano de 1841 el joven rey Federico Guillermo IV de Prusia lo invitó a Berlín para formar parte del círculo de artistas, poetas y académicos que quería tener en su corte, y allí se trasladó definitivamente en otoño de 1842. Precisamente allí, en la ciudad que había marcado toda su vida, falleció el 28 de abril de 1853, con casi ochenta años de edad, incapaz de comprender los acontecimientos políticos y los cambios sociales que, desde hacía tiempo, estaban teniendo lugar a su alrededor.

Isabel Hernández

ÍNDICE

Índice

Prólogo de Hermann Hesse............................ 7

CUENTOS FANTÁSTICOS....................... 15

    Eckbert el rubio 17

    El monte de las runas 47

    Los elfos 85

Epílogo de la traductora 121